「羽水……美しくて可愛い、俺の巫子」

陽は羽水を間近から、甘い恋の熱に潤んだ瞳で見つめてくる。

（本文より）

皇帝は巫子姫《みこひめ》に溺《おぼ》れる

加納 邑
イラスト／松本テマリ

BBN B-BOY NOVELS

この物語はフィクションであり、実際の人物・団体・事件等とは、一切関係ありません。

CONTENTS

皇帝は巫子《みこ》姫《ひめ》に溺《おぼ》れる

1. 皇帝の来訪

足首の痛みは、どんどん増してくる。

羽水《うすい》は両脚を後方へ曲げて山道に座り、ズキズキと疼《うず》く右の足首を片手で押さえながら、水色の大きな瞳で頭上を仰いだ。

山の中腹から見上げる青空には、真昼の太陽が輝いている。

(ど……どうしよう。もうすぐお寺に、皇帝様がいらっしゃるのに……!)

寺院が建つ山頂へと視線を移した羽水の焦《あせ》りは、ますます募った。

透けるように白い肌、首の付け根までを覆うやわらかな薄茶色の髪。水色の澄んだ瞳に長い睫《まつげ》が淡い影を落とす羽水は、見る者にどこか儚《はかな》げな印象を与える。

十七歳の男とは思えないほどほっそりしている全身を包む着物は、薄藍色の質素なものだ。

その膝には、つい先ほど道端の大きな石に躓《つまず》き転んだせいで、土汚れがついてしまっている。

こんな汚れた格好で、皇帝を——この大国の最高権力者を迎えるわけにはいかない。

今すぐ山頂の寺院へと走って帰り、きちんと新しいきれいな着物に着替え、寺院の仲間たちとともに門前に並んで、皇帝の一行を出迎えるべきなのだが——。

挫《くじ》いた足首がひどく痛み、この場に立ち上がることすらできそうにない。

(なんとか……なんとしても、皇帝様の御一行が着く前に、お寺へ戻らないとっ……)

空高くから初夏の太陽の光にジリジリと照りつけられながら、羽水は膝を立てようとした。脚を動かしたその瞬間、右の足首がズキッと痛む。

「痛っ……！」

羽水は再び手で上から足首を握って押さえ、顔をしかめた。

ズキンズキン、と足首の内側が、千切《ちぎ》れそうに疼く。皇帝の到着予定時刻である正午までに山頂の寺院へ戻ることなど、とうてい不可能そうだ。

（ぐずぐずしていたら、皇帝様の御一行がこの山道を上がってきてしまう……！）

艶のある桃色の唇をぐっと嚙みしめたとき、遠くからかすかに馬の嘶《いなな》きが聞こえた気がした。

羽水はハッとして顔を上げ、道の下方へ――山の麓《ふもと》の方へと耳を澄ませる。

木々の美しい緑に覆われたそちらの方角から、大勢の人や馬が上がってくる気配がした。

馬車の車輪が土を踏んで回る音も、かすかに聞こえてくる。

――きっと皇帝の行列だ。

「っ……！」

せめて、皇帝一行の邪魔にならないようにしなければ。羽水はそう思って、地面を這《は》うようにして痛む足を引きずり、山道の端にある茂みの方へ向かった。

低木の葉の陰に身を隠そうとしたが、そこに手を伸ばしたそのとき――。

「おい、どうしたっ？」

遠くから男性の声がして、羽水はビクッと道の端で固まった。

声がした山道の下の方へと、恐る恐る視線を向けてみる。

坂道を急ぎ足で上がってくる、背の高い二十代後半くらいの男性が一人いた。

どんどん近付いてきて、彼の上等な着物やその広い肩にかかる黒髪がよく見えるようになる。

絹の光沢のある、紫色の丈の長い上着。金色の腰帯を締めて、左の腰には、美しく精巧な彫刻が施された鞘《さや》に赤い房飾りが下がった、立派な長剣を差している。

服装や持ち物は全て最高級品のようで、全身の雰囲気が華やかで垢抜《あかぬ》けていた。

遠目にも、この辺りに住む庶民とはとても思えなかった。

（も……もしかして、皇帝様の御一行の方かな？　都の貴族の方とか……？）

きっと、先立ちとして歩いてきた人だろう。

彼は、皇帝の行列がこれから通る山道が安全かどうか確認するために、一行の先を歩いてきたに違いない。

どうしよう！　という胸の焦りが、最高潮に達した。

（こんなふうに道の端で座り込んでいたら、きっとあの人に叱られる。これから皇帝様が通られる道なんだからすぐに退け、って――）

目障《めざわ》りだ、と乱暴に追い払われる前に、なんとか立ち去りたい。そう思いながらも、羽水がなす術もなく地面に座っていると――。

男性が迫ってきて、目の前で立ち止まった。

「どうした……？」

大声で怒鳴りつけられると思って身構えていた羽水だが、彼の声は思いのほか穏やかだった。

「下の方から見えたのだが……。さっき、地面を這って歩いていたな……？」

羽水は山道に座ったまま、前の地面に勢いよく両手をついた。

「す、すみません、失礼をっ！」

緊張に震える声で言い、男性に向かって深く頭を下げる。

「すぐにここから退きます！　ですから、どうかご無礼はお許しをっ……あっ、痛っ……！」

「あ、おいっ……？」

平伏した体勢のまま這うようにして道の端から茂みの中へ入ろうとした羽水だったが、足首に無理な力がかかり、また右の足首に、ズキーン、と激痛が走った。

「っ〜〜〜！」

羽水は顔をしかめて痛む足首をつかみ、奥歯を噛みしめる。

「無理をするな。足をどうかしたのだろう……？」

地面で動けずにいる羽水に、男性は低い声でやんわりと問いかけてきた。

「挫いたのか？」

「は、はい。先ほど、そこの石に躓いて……」

羽水は俯いたまま、チラリと大きな石の方を見る。

「でも、あの……この道を皇帝様の御一行がお通りになられることは知っていましたので、お邪魔にならないよう、脇の茂みに入ろうとしたのですが……」

羽水は顔を上げず、男性の履いている高級そうな作りの革靴を見つめながら言った。

「足の痛みのために立ち上がることができず、このようにお目汚しをすることに……」

「そうだったのか。それで、先ほどから地面に座っていたのだな」

男性は納得したというように、羽水の頭上で息を吐く。

「足を痛めたのなら、あまり無理をすべきではないが……しかし、ここはこれから、大勢の兵士や馬車が通ることになる。座っていては危険だ、とりあえず移動した方がいい」

「は、はい、すぐにっ……」

「手を貸そう」

「え……？」

すぐそばにある道端の茂みの方へ這おうとした羽水の目の前に、すっと手が差し出された。

頭上から、男性の温かみのある低い響きの声が降ってくる。

「立てるか？　さあ、手を取れ」

「あ……ありがとうござい……ます」

きっと高貴な身分にある人だろうに、庶民の自分にこんなことをしてくれるなんて——。

しかも、自分は彼にとって見ず知らずの相手だというのに……。羽水はいいのだろうかと戸惑い、ドギマギしつつも、恐る恐る手を伸ばして彼の手を取った。

男性はやさしく手を引っ張り、羽水をゆっくりとその場に立たせてくれた。

「おっと……」

立ったときに一瞬グラついた羽水だが、男性がすぐに腰の後ろを大きな手で支えてくれた。

「大丈夫か？　痛むようなら、俺につかまれ」

「す、すみません……」

羽水はそっと、男性の逞《たくま》しい腕につかまった。

心配そうに覗《のぞ》き込んできた彼の顔が自分の顔に迫り、羽水の胸はドキリと高く鳴る。

（あ……この人の、目の色……）

男性は、肌の色が濃く、精悍《せいかん》で男らしい顔立ちをしていた。

意志の強そうな、はっきりとした眉。品のある唇。身体つきはしっかりしているのに粗野には見えず、知的でいかにも優秀そうな雰囲気をまとっていて――。

魅力的な容姿の中でも特に、彼の瞳に、羽水の目は引きつけられた。

男性の双眸《そうぼう》は、吸い込まれそうに美しい深い紫色をしている。

生まれてからこれまで、自分以外に、黒や茶色といった普通の人たちの瞳の色とは異なる、特殊な瞳の色を持つ者を、羽水は一度も見たことがなかった。

（僕と同じだ……！　他の人たちと違う……）

胸の奥の方が、ザッと一気にざわめくように感じた。その高貴な宝石のような紫色の瞳に見惚れていると、男性が軽く瞬きをした。

「おお、お前は……。水色の瞳をしているのだな……！」

男性は感心し、眩《まぶ》しいものでも見るかのように目を眇《すが》めた。

「まるで澄んだ湖の色のようだ。なんと美しい……」

彼は羽水の腰の後ろを片手で支えたまま、小さな感嘆のため息まで漏らす。

「異国の者たちの中には、青や緑といったこの国の一般的な者たちとは違う瞳の色をしている者も多い。この辺りの土地は海も近く、港に外国船が寄ることもあるだろうが……お前はもしや、異国の血を引いているのか？　それでそのような瞳の色をしているのか？」

「え……あ、いいえ、あの……違います」

思いもよらない問いかけに戸惑った羽水は、急いで首を横に振った。

「僕の家は代々、この龍神山《りゅうじんさん》の山頂にある寺院で、巫子を務めています。昔からの家系図が残っていますが、祖先に異国の者は一人もおりません……。僕の瞳がこのような水色なのは、龍神の血の影響だと言われていて……」

「龍神……？」

軽く瞬きをした男性に、羽水はしっかりと頷《うなず》く。

「僕の家系は、この山に住む龍神の血を引いていると昔から伝えられているのです。それで、直系の一族の中では、稀《まれ》に、僕のように、龍神の血が色濃く出て……このような瞳の色で生まれてくる者もいる、と……。古来よりの文献に、そう書き記されています」

「血が濃いと？　おお！　では、お前は龍神の子孫と言われている『神巫子《かみみこ》』の家系の者か？」

男性の顔がパッと明るく輝いて、さらに羽水の顔に近付いてきた。

「いや、お前自身が『神巫子』か……？」

「い、いえ、神巫子は、現在、僕の父が務めております」

近付きすぎている男性の顔から逃れるように、羽水は背中を反らした。

「息子の僕は、次の神巫子を務めさせていただく予定になっています。ですが、今はまだ、他の巫子たちとともに、父を補佐する仕事をしていて……」

「それでは、お前は龍神山の『次期神巫子』か」

「はい」

「俺たちが滞在するこの山の寺院の、主一族の者だな」

男性は温かく微笑んで羽水からすっとその身を離すと、右手を差し出してくる。

「俺は『陽《よう》』だ。これから一ヶ月間、雨乞いの祈禱《きとう》を行う間、世話になる……よろしく頼むぞ」

「あ、は、はい……僕は、羽水といいます」

羽水は彼の手をおずおずと握り、無礼にならないようにすぐに名乗り返した。

「皇帝様の御一行の方に……僕の方から先に名乗りもせずに、大変失礼いたしました」

「『羽水』か……」

陽と名乗ったその男性がにこりと微笑み、彼の紫色の瞳が蕩《とろ》けそうに甘くなった。

「美しい名前だな。お前にぴったりだ」

「え……」

美しい名前、などとなんのてらいもなく言われて、羽水はたまらなく照れくさくなった。

(この方の『陽』という名前の方が、本人にすごくぴったりだと思う。だって、この方は堂々としていて、まるで本当の太陽みたいにすごく明るい雰囲気だし……）

ずっと手を握っていたことに気づき、羽水はそっと自分から手を離した。

すぐに陽という目の前の男性に向かって、深く頭を下げる。

「あの……本当に、申し訳ありませんでした」

「ん？　なにがだ？」

「本来なら、僕は巫子として寺院できちんと皇帝様の御一行をお迎えすべきでしたのに……このような場所で、しかもこのような格好で、先立ちの陽様にご迷惑をおかけすることになって」

羽水はゆっくりと頭を起こした。

不思議そうに瞬きをしている陽を、眉尻を落として見上げる。

「今日この時間に、寺院に皇帝様の御一行が来られることは分かっていたのですが……。どうしても下の村に行かねばならない用事ができて、朝早くに山を下りてしまいました」

「……」

「すぐに戻ってくる予定でしたが、事情ができて帰るのが遅くなり……そのうえ足を挫いたせいで、こんな場所でお目汚しをしてしまって……」

羽水は痛む右足を引きずり、道端の茂みの方へ歩き出そうとした。

「これ以上、お邪魔になってはいけませんので、僕はすぐにこの場を離れようと思います。とにかく、どこか皆様の目につかないところへ……」

「なに？」

歩き始めたが、後ろから素早く腕をつかまれた。

「おい、待て。どこへも行く必要はないぞ」

ぐいと引っ張られて陽の方を向かされ、再び身体を支えるように腰の後ろを抱かれた。

「お前はここから動く必要はない。足を挫いているのだ、無理をすべきではない」

「で、ですが……やはりこんなところに立っていては、皇帝様にあまりにも失礼ですから……」

「俺が皆に、事情を説明しよう」

陽は笑顔のまま、穏やかに頷く。

「俺が『問題ない』と言えば、誰もなにも言わない」

「え……で、でも……？」

まるで、相手が皇帝であっても自分の意のままにできると言わんばかりの口ぶりだ。

羽水が戸惑いに視線を揺らしていると、山道を小走りで上がってくる一人の男性が見えた。

「陽様っ……！」

彼は道の先に立つ陽と羽水の姿に気づき、さらに足を速めて向かってくる。

息を切らせながら目の前に立ったのは、陽と同じくらいの年齢の男性だ。背が高く、しっかりとした体格をしており、黒髪は耳の上くらいの長さだった。

「口燕《こうえん》……」

「ああ、陽様！　よかったです、寺院に着く前に捕まえられてっ……」

口燕という名前らしい精悍な顔つきの男性は、眉間に深い縦皺《たてじわ》を寄せていた。

腰には長い剣を差している。着物は上等だが陽のものよりも装飾が少なく、動きやすそうだ。謙《へりくだ》った言葉遣いや態度から見て、陽の部下にあたる人物らしかった。

「んん？」

彼は陽の手で腰を支えられている羽水を、うさんくさいと言わんばかりの目で見つめてくる。

「なんですか、この者は……？」

「たった今ここで知り合ったのだ。羽水という名で、足を挫いて動けなくなっていて……」

口燕の厳しい視線から守るように、陽は羽水の肩を抱いて自分の方へさらに引き寄せた。

「怪しい者ではないから安心しろ。これから行く龍神寺の巫子だ」

「巫子……」

「龍神の血を引く一族の者で、羽水は次期神巫子でもある」

口燕はしばらくの間、ジロジロと羽水を眺めていた。だが、羽水が軽く会釈《えしゃく》をすると、害のない人間だと判断してか、険しく寄せていた眉間をふっと緩めた。

警戒を解いたらしい彼は、再び陽へと視線を向ける。

「とにかく、ここから動かないでください。すぐに馬車が来ますから」

口燕は陽に、ぴしゃりと命じるように言った。

「あなたが馬車を降り、一人で勝手に先へ行ってしまって……。皆、とても困っているのです」

「俺はただ、この山に住むという龍神に、敬意を払いたかっただけだ」

陽は明るく朗《ほが》らかに微笑み、晴れた頭上の青空を見上げる。

「このような神山では、いかなる者であろうと下馬すべきであろう？」

「おっしゃりたいことは分かりますが……。馬車を降りるのは、山頂にある寺院に着いてからでも、よろしかったのではないでしょうか」

口燕は腰に片手を当て、お説教をするような口調になった。

「皇帝のあなたは、天上界を統《す》べる天帝と同一視されているのですから。龍神の山に入ったからといって、それほど遠慮なさることもないでしょう」

「む。それは、そうかもしれないが……」

「今回のあなたの場合、先ほど馬車を降りたのは、たんに、山の中を一人で自由に散策したかったからですよね？」

「口燕……お前は本当に可愛くない奴だ。どうしていつも、そうやって正確に俺の心を読む？」

陽が不満そうに口を尖らせると、口燕は真面目な表情で頷く。

「私に限らず、あなたの心情などといったものは、いつも周りの者たちにダダ漏れですから」

「あ、あの……？」

二人のやりとりを聞いていた羽水は、恐る恐る、小声で会話に割り込んだ。

「今……こ、『皇帝様』って、言われましたか……？」

自分の肩を抱いている陽と、目の前に立つ口燕の顔を、呆然《ぼうぜん》としたままうかがい見た。

「……」

二人ともが羽水の方を見つめ返してきて、黙り込み——やがて、口燕が呆《あき》れたように言う。

「お前、まさか陽様が皇帝様と知らず、今までそうして話していたのか……？」

「っ――!!」

羽水は、高い天空から一筋の雷に貫かれたかのような衝撃を受けた。

「えっ!?　ま、まさか……本当に、皇帝様なのですかっ!?」

羽水の頬から一気に血の気が引き、口を開けたまま陽を見上げた。

肩を抱いてくれている彼は、にこりとやさしげに微笑む。

「そうなのだ。身分を告げるのが遅くなってしまい、すまなかった」

「！　！　！」

「ああ、ちょうど皆が来たようだ」

陽が視線を向けた山道の先に、都から来た皇帝の一行が上がってきた。

二千人はいると思われる騎馬兵や歩兵、五台の馬車や二十台ほどの荷車から成る大行列だ。

「陽様っ！」

「心配申し上げておりました、ご無事でしたかっ？」

先頭に並ぶ騎馬兵の二人が馬を止め、すぐにその鞍《くら》から跳び降りた。

三十代から四十代くらいに見える立派な鎧《よろい》をまとった二人は、陽と彼に肩を抱かれたまま立つ羽水の前まで走ってきて、地面にサッと素早く片膝をついた。

陽はうやうやしく跪《ひざまず》いた彼らを見つめ、明るく微笑む。

「大事ない。お前たちはいちいち大げさなのだ、俺が一人で山道を歩いたくらいで」

「そうはおっしゃられても、やんごとなき御身分であらせられるのですから……」

「馬車をこちらへ！　早く陽様の前にお停めしろっ」

騎馬兵の二人のうち一人が、後方の行列を振り返って叫んだ。

そのあと、二人はすぐに立ち上がり、行列の先頭の方へと駆け戻っていく。

騎馬兵たちは皇帝の陽に敬意を表してか、全員が馬を降りてその手綱《たづな》を引き、止まっていた行列がゆっくりと動き出した。

行列の先頭を進んでいるのは、皇家の印が入った紫色の旗を高く掲げて歩く十人ほどだ。

山道の端に立っていた陽と羽水、口燕の前を、五百人以上の騎馬兵と馬が通り過ぎていく。

彼らに守られるようにして進んでいた五台の馬車のうち、一番豪奢《ごうしゃ》な一台が、羽水たちの前で停まった。それに合わせて、行列の動きも止まる。

山道を埋め尽くす大勢の騎馬兵や歩兵の姿に、羽水はただ圧倒されていた。

（うわぁ……いったい、何人いるんだろう……？）

都から馬車でも三日はかかるこの地に、これだけの人数が一ヶ月間も滞在するなんて――。

なんだか信じられない気分になっている羽水の前で、騎馬兵や歩兵、そして馬車から降りてきた重臣らしき身なりの者たちが皆、いっせいに、地面に膝をついて深く頭を下げた。

皇帝の陽に対して、跪いているのだ。

彼らの頭上で、皇帝の一行であることを知らせる紫色の旗が風に揺れていた。

十枚以上も並ぶ旗の下端には、簾《すだれ》のように下がる何本もの紐付きの貝飾りが、初夏の太陽を反射してキラキラと眩しく輝いている。その煌《きら》めきを見ると、クラクラと目眩《めまい》を起こしそうだ。

（この人は、本当にこの国の皇帝様なんだ……？）

羽水はゴクリと唾を飲み込み、自分の肩を抱いて立っている陽の顔を見上げた。

緊張を感じている羽水の視線に気づくと、陽はさらりと言う。

「さあ、羽水。行こう」

「えっ？」

ぐいと肩を引き寄せられ、前方へ歩くようにと促されて、羽水は大きく目を瞠《みは》った。

馬車の前では口燕が扉を開けて待っており、陽は羽水に親しみを込めた笑みを向けてくる。

「いっしょに馬車で寺院へ行こう。どうせ、お前も戻るつもりだったのだろう？」

「とっ――――とんでもございませんっ、あっ⁉」

羽水は焦って首を横に振ったが、強引に手を引かれて馬車の中へ連れ込まれてしまった。

そのまま上等そうな革張りの横長の座席に座らされ、隣に陽も腰を下ろす。

座席には、美しい絹布で包まれたふかふかの四角い腰当てがいくつも並べられていた。

馬車の中とは思えない、まるで貴族の屋敷の一室のような内装。その豪華さに、羽水が思わず目を奪われていると、正面の座席に、続けて乗り込んできた口燕が陽に一礼をしてから座る。

皇帝の陽がすることには口を出さないのか、彼は羽水をチラリと見ただけで黙っていた。

しばらくして、大行列とともに馬車が動き出す。

車輪が土を踏む音を聞きながら、羽水は緊張と焦りでどうにかなりそうだった。

（ど、どうしよう、こんなことになって……！　寺院で皇帝様をきちんとお迎えできなかっただけでなく、こんなご迷惑までおかけしてしまってっ……！）

羽水は意を決して、隣に座る陽の方へ——皇帝の方へ顔を向けた。

「あっ、あのっ……」

声が上ずって震えたが、一気に言い切る。

「馬車から、今すぐ、お、降ろしていただけないでしょうかっ……？」

「ん？　なぜだ？」

陽は口を結び、不思議そうに瞬きをした。

羽水はなんとか彼に納得してもらおうと、必死に言葉を続ける。

「ぼっ、僕のような者が、皇帝様とごいっしょするなんて……！　こうして同じ馬車に乗せていただくなど、とても許されることではないと思いますっ！」

「皇帝の俺がいいと言っているのだ。だから、いいだろう？」

「で、でもっ……」

さらりとなんのこだわりもなく言う陽に、羽水はさらに早口で言った。

「たとえ皇帝様にお許しいただいたとしても……こうして同じ馬車に乗って寺院に着けば、きっと父や寺院の皆に怒られますっ。ただでさえ、僕は皇帝様の御一行をお寺でお迎えすることができなかったのですから……。お前はいったい皇帝様にどれだけご無礼を重ねるつもりなのだ、と父からひどく怒られてしまいますっ……！」

「ふむ……そうなのか？」

羽水の焦った口ぶりでの訴えを聞き、陽はしばらくの間、顎《あご》に手を当てて考え込む。

そしてその手を離し、にこりと朗らかに微笑んだ。

「分かった。では、山の下で偶然、お前に会ったことにしよう」

「……？」

「お前が寺の巫子だと知り、寺までの道案内を頼んだと……そういうことにすればいい。それなら、お前は俺たちを寺で出迎えなかったことも、馬車に乗ってきたことも怒られないだろう？」

「それは……でも、そんな……」

自分のために、皇帝に嘘を吐かせるなんて――。それこそとんでもないことだと、羽水は首を横に振った。

「山の下から山頂までは一本道です。迷うことはなく、僕の道案内など必要ありませんし……」

「お前はそう言って断ったが、俺から『どうしても』と頼まれたと、そう言えばいい」

陽は悪戯《いたずら》っ子のように唇の端を上げて笑う。

「それでもまだなにか言う寺の者がいたら、俺が黙らせよう。なにか、いい言い訳を考えて……そういうのは得意だからな、任せておけ」

「ですが……」

本当にそれでいいのだろうかと気にかけている羽水に、陽は畳みかけるように言う。

「お前は安心してこの馬車に乗っていればいいのだ。分かったな？」

「……は、は……い」

羽水は結局、おずおずと頷くしかなかった。

皇帝の陽といっしょに寺に現れたら、父親や寺の者たちはさぞ驚くだろう――。だが、とにかく陽とともに、山頂までこのまま馬車に乗っていく覚悟を決めた。

（皇帝様がこう言っているんだから、仕方ない……）

ふうー、と息を深く吐き、気持ちを落ち着かせる。

おそらく国で一番豪華だろう馬車の煌びやかな内部をゆっくりと見回したあと、羽水はまだドキドキと緊張しながらも、隣の陽の顔を再びチラッと見てみた。

皇帝と同じ馬車に乗っているなんて、まるで夢の中での出来事のようだ。

羽水にとって――都の皇帝は、顔も見たこともない、雲の上の人だった。

自分たちとは違う遠い世界に住む人だと思っていたのに、これほど親しみやすく気さくで、しかも若い人物と知り、驚いてしまった。

（皇帝様って、やさしい方なんだな……。足を挫いているからって、庶民の僕を馬車に乗せてくださったり、僕が怒られないように気遣ってくださったりして……）

ずいぶん馴《な》れ馴《な》れしく口をきいてしまったが、無礼な者と思われていないだろうか。

それが気になって陽の方をチラチラと見ていると、口燕が口を開く。

「陽様、そろそろ冠をおつけください。山頂まで、そう遠くないでしょうから」

「そうだな。分かった」

陽は座席の前に造り付けられている卓台の上から、黒い独特の形の冠を両手で持ち上げた。

冠の上部には、前後に長く伸びた大きな板のような飾りが載っている。その長板の前後の両端に、先端に小さな玉石飾りのついた細紐が簾のように何本も垂れ下がっていた。

「お手伝いをいたしましょうか？」

口燕が手伝いを申し出たが、陽はそれを断って一人で冠を自分の頭に被《かぶ》せる。

顎の下で固定用の紐を、両手でキュッと結んだ。

冠をつけた彼の姿は、羽水が以前、書物の中の絵で見た、昔の皇帝の姿にそっくりだ。

――否、その絵に描かれていた人物以上に、堂々としていて威厳に溢《あふ》れている。

この大国を、頂点に立って治めるのにいかにも相応《ふさわ》しい男性。優秀でありながら、慈悲深く温かい人情味に溢れた一面も備えた、素晴らしい皇帝に見えた。

（わぁ……！　皇帝の冠を被られると、また一段と素敵に見える……）

羽水がぼんやりと見惚れていると、頭上の冠を両手で整えていた陽がその視線に気づいた。

冠から手を下ろした彼が、簾のように下がった玉石飾り付きの紐の向こうで微笑む。

「羽水……といったな」

「は、はいっ……」

羽水はハッと我に返って背筋を伸ばし、緊張に声を強張らせた。

陽はそんな羽水の緊張を和《やわ》らげようとするかのように、低い声でやさしく問いかけてくる。

「ところで、お前はこれまで下の村でなにをしていたのだ？」

「え……？」

「先ほど、どうしても行かねばならない用事ができて、朝、山を下りたと言っていたが……」

「あ、それは……下の龍神村で、病の者を診《み》ていました」

羽水が素直に言うと、陽は少し驚いたように片方の眉を上げた。

「病の者を？　お前は医術の心得があるのか？」

「いいえ、医術というほどのものではありませんが……」

羽水はあわてて首を横に振る。

「ただ、書物で得た知識や昔から民間に伝わる療法を元に、簡単な治療を行っています。龍神山の寺院で独自に調合した、薬草を原料とした薬を届けたり傷の手当てをしたり……。そういったことは昔から、寺院の巫子の仕事の一つとして受け継がれてきましたので……」

羽水は、自分の言葉に頷きながら説明した。

「僕も、大したことができているとは思えませんが……村には医師がおりませんし、村人の大半は貧しく、高価な薬を買い求められるような暮らしではありません。僕のような者の手による治療でも、とても助かると言ってもらえるので……」

「……。もしや、その『治療』とやらは、無償で行っているのか？」

「あ……は、はい」

陽の眼差《まなざ》しが、まさか、と言っているように見えて、羽水は言い訳をするように言う。

「巫子としての務めに、支障の出ないように行っていますし……。日頃から、なにかと寺院を支えてくださっている村の人たちに、少しでも恩返しができたらいいと思っていますから……」

「……」

「今朝も、村のお年寄りがいる家に行っていたんです。以前から、風邪で体調を崩していた男性で……昨夜遅くから激しい咳が始まって止まらないと、早朝その人の息子さんが山に駆け込んできました。それで、僕は急いで咳止めの薬を調合し、症状を診るために山を下りたのです」

患者の家に行ったが、老人が激しい咳をしていたため、薬を飲ませるのに時間がかかった。

さらに、あまりに苦しそうだったので、羽水はその老人が少しでも楽になるようにと、胸と背中にある呼吸のツボを揉む治療を施すことにした。

その処置のために、予定よりも時間を取られて、山へ戻ってくるのが遅くなった——と。

羽水は朝からの一連の事情を、隣で自分の話にじっと聞き入っている陽と、目の前の席に座っている口燕の顔を見ながら、包み隠さずに話した。

「この龍神山へ帰ってきたときに、急いでいたせいか、途中、石に躓いて転び足を挫いてしまいました。それが原因で、こうして……巫子でありながら、皇帝様を寺院でお迎えする時間に遅れるなどという、大変失礼な事態となってしまって……」

「なるほど、そうだったのか……」

長椅子の上で恐縮する羽水に、陽はため息を吐きながら言う。

「そういう事情があったのならば、出迎えに遅れても仕方がないだろう。……寺院に到着後もお前が寺の者たちから咎《とが》められたりしないよう、やはり、俺がきちんと手配をしておこう」

彼は隣に座る羽水から、正面の口燕の方へ視線を向けた。

「口燕――」

「はい――承知いたしました」

陽が皆まで言わずとも、口燕はしっかりと深く頷いた。

自分が陽の言った『手配』を引き受けた、という意味なのだろう。皇帝とその一番の側近といった関係らしき二人だが、お互いによほど気心が知れているようだ。

(そういえば、さっき口燕様が一人で皇帝様を追ってきたときも、お二人は友人みたいに親しげに話しておられた。さすがに、皇帝様に対する言葉遣いは丁寧だったけど……)

羽水はまだ、皇帝といっしょの馬車に乗っていることばかりか、近くにいて口をきいていることすら信じられない気分だ。

ほう、と息を吐いていると、隣に座る陽が、長椅子の肘掛けに頬杖をついた。

肘掛けに全身でゆったりともたれたその体勢のまま、羽水をじっと見つめてくる。

「それにしても……羽水、お前はやさしい奴なのだな。そうやって、村の貧しい者たちに、救いの手を差し伸べているとは……。話を聞いて、感心したぞ」

「と、とんでもありません」

温かな眼差しを向けてくる陽に、羽水はすぐに言い返した。

「先ほども申し上げましたが、寺院が村人の病を診たり薬を分け与えたりするのは、ずっと昔から行われてきたことなのです。僕は、それを継承しているに過ぎません……」

確かに、寺院内で村人への医療奉仕の中心となっているのは、羽水と二つ年下の弟・伊地《いち》だ。だが、それは二人とも昔から寺院を守ってきた『神巫子』の直系であることに加えて、幼い頃から医術に興味を持って勉強し、特にその分野の知識が豊富だからである。

他に三人いる全て男の巫子たちにも、羽水たちの補佐という形で手伝ってもらっている。

毎年、効能の高い薬草を仕入れる費用も、寺院の予算の中から捻出《ねんしゅつ》されているのだ。

羽水自身は、週に三日ほど、半日かけて村の病人や怪我人を診て回っている。適切な薬を分け与えて歩くことなどに、やり甲斐《がい》を感じてはいるが……。

今のところ、羽水の個人的な活動ではなく、あくまで寺院としての奉仕活動の一つなのだ。

「それに、この村の病人を救うことも大切ですが……」

羽水は陽の目を真っ直ぐに見て言った。

「政《まつりごと》で大変お忙しい中、国の民たちのために、都からわざわざ雨乞いの祈禱にいらした皇帝様を寺院できちんとお迎えすることも、大事なことだったと思いますし……」

「俺のことなどはいいのだ。気にするな」

肘掛けに頬杖をついてもたれている陽は、相変わらず温かな眼差しで羽水を見つめてくる。

「お前がやさしい者だと分かってよかった……。お前は、祖先がしてきたことを自分もただ引き継いだだけだと言うが……。たとえそうでも、やはり自らに弱者を助けたいという気持ちがなければ、なかなか続けられることではないだろう?」

「そんな……」

「お前は外見だけでなく、心もきれいなのだな。そうやって謙遜《けんそん》するお前を見ると、ますます尊敬できる相手だと思えて、とてもうれしくなる」

「……」

あまりに褒めすぎではないか。どうしてここまで褒められるのか。

羽水が戸惑っていると、陽はさらに熱っぽく見つめてきた。

その深く美しい紫色の瞳は、ひどくやさしげだ。彼の顔の前に何本も垂れ下がっている、玉石飾り付きの紐越しに、まるで甘く潤んでいるように見える。

どうしてそんなに熱の籠《こ》もった眼差しを向けられるのか、羽水は分からなかった。

(……? 僕のことを、ずっと見ていらっしゃる……?)

無言の陽の、包み込むように見つめてくる双眸を、羽水がドギマギして見つめ返すと――。

口燕が静寂を破り、わざとらしい咳払いを一つした。

「あー、ゴホンッ」

彼は首を捻《ひね》って背後を振り返り、窓の外を――山道の先を眺める。

「陽様、寺院の門が見えてきました。到着のようです」

「そうか」

陽が羽水から視線を外し、頬杖を解いてすっと姿勢を正した。

彼は長椅子の上で再び羽水の方を見て、男らしい微笑みを浮かべる。

「雨乞いの祈禱の最中は、巫子のお前に世話になることも多いだろう。よろしく頼むぞ」

「は、はい……」

羽水が頷くと、陽は瞳を細め、またにこりと魅惑的に微笑んだ。

「お前とこの龍神山で過ごす一ヶ月間が、とても楽しみだ」

「え……」

羽水はなんと言葉を返していいか分からず、視線を揺らすばかりだった。

やがて馬車が、寺の巫子たちを含む十数人が出迎える門の前に横付けされて、ゆっくりと停まるまで――。

皇帝の陽はずっと温かく微笑み、隣に座る羽水の顔を見つめ続けていた。


皇帝が来訪したその日――羽水が自室に戻ったのは、真夜中近くだった。

寺院内の奥まった場所に、巫子たちが寝起きする住居棟が建っている。敷地内の中央に位置する本堂と外廊下で繋がっているその平屋の一番奥に、羽水の部屋はある。

扉の前で、本堂からいっしょに歩いてきた弟・伊地と別れることになった。

「兄上、本当に……足の方は、大丈夫なのですか？」

廊下で向かい合って立つ伊地は、心配そうに羽水の右足へ視線を遣《や》る。

伊地は兄の羽水と同じで肌の色は白いが、耳に被る長さの髪は黒色で瞳も黒い。薄茶色の髪と瞳でどこか儚げな印象の羽水とは違って、男らしく成長しそうな骨格の少年だ。

「どうか、もう今日のようなことはなさらないでください。誰にも知らせず、一人で村へ下りるなんて……。せめて、お付きの砂工《さく》をお連れください」

「あ……ああ、うん」

「もし今日のように足を挫き、一人で動けなくなっているところへ雨でも降ってきたらどうするのですか。夜になって、山の中で怪しい者たちにでも出くわしたら……」

「大丈夫だよ……。お前は心配性だね」

羽水はクスッと微笑み、自分よりも背の高い彼の頭をポンポンと撫でるように叩いた。

白い着物を身につけた十五歳の伊地は、しっかりした身体つきのせいか羽水より年上に見える。口調も落ち着いていて大人っぽいが——羽水にとっては、まだまだ幼くて可愛い弟だ。

十年前に母親が亡くなってからは、神巫子として忙しい父親に代わりなるべく伊地のそばにいて、できる限りの世話をしてきた。羽水も母を亡くして寂しかったが、自分より年下でまだ母親が恋しくてたまらなかっただろう弟のことを、常に気遣ってきたのだ。

だから余計に今も、弟を自分が守らなければならない存在と感じるのかもしれない。

「右足はこうして手当てしてもらって、今はもう痛みもほとんどないし……」

羽水は白い湿布を巻いてもらった自分の足首を、笑顔で見下ろす。

「それから……これからは村へ下りるときは、ちゃんと寺の誰かに伝えてからにする。それか、砂工をいっしょに連れていくよ。それでいいよね？」

「兄上がそう約束してくださるなら、いいのですが……」

伊地はホッとしたように頬を緩め、羽水の右足から視線を上げた。

「もし……夜中に足が痛むようなことがあれば、隣の部屋にいる僕を呼んでください」

「うん、分かったよ。ありがとう」

「それじゃ、おやすみなさい」

「おやすみ」

踵《きびす》を返して隣の部屋へ入っていく弟を見送り、羽水は自分も部屋に入った。

左右を父親と弟の伊地の部屋に挟まれた羽水の部屋は、十部屋に分かれた建物の角にある。次期神巫子という立場にあるため、神巫子である父の次に広い部屋だ。

机や本棚、箪笥《たんす》、二人掛けの卓台など、古くて質素だが家具は一通り揃えられている。

夏とはいえ真夜中近いせいか、部屋の中は庭に面した格子窓が閉じられていても涼しい。角の壁に寄せて置かれている寝台の端に、羽水はそっと腰を下ろした。

「ふうーっ……」

深い息を吐きながら、そのままバッタリと布団の上に仰向けに倒れ込む。

ようやく一息吐けた気分だった。黄色い月明かりに浮かび上がる高い天井を見上げ、今日の昼からの出来事をぼんやりと思い返した。

(あんなふうに、いっしょに馬車に乗って皇帝様と親しく口をきくなんて……。おまけに、まさか僕が、皇帝様の滞在中の案内役になるなんて。全く、予想もしていなかった……)

今日の正午、皇帝の陽は護衛の兵士たちや羽水とともに、寺院に到着して――。

彼は約束したとおり、寺の皆に、羽水に道案内を頼んだのだと話してくれた。

そのおかげで、羽水が皇帝の一行を寺で出迎えられなかったことは不問にされた。

その後、まずは皇帝の陽と側近の口燕、二人の重臣に、本堂の一室で昼食をとってもらうことになった。同時に、兵士たちも、寺の横に建つ広い仮設の宿泊所で食事をすることになった。

寺院の敷地をぐるりと囲む塀の外に造られたその平屋の宿泊所は、二週間ほど前に都の皇城から指示があってから大急ぎで、この地方一帯を治める高級文官の手によって建てられた。

龍神村から歩いて半刻くらいの盆地の都市に、その高級文官の屋敷がある。

皇帝が雨乞いの祈禱を行うこの龍神山に居住地が近く、地元の事情に精通していることから、まだ二十代半ばの若いその高級文官――『怜倬《れいたく》』という名前の彼に、今回の皇帝の滞在に関わる宿泊所の準備や、食糧の調達、食事を作る料理人たちの手配などが一任されたのだ。

これからの一ヶ月間、兵士の約半数がその仮設の宿泊所に泊まり、寺の内外を警備する。

同じ規模の建物が龍神山の下にも、もう一つ造られており、二千人ほどいる兵士たちの約半数はそちらの方で寝泊まりすると聞いている。彼らは龍神山や龍神村全体といったもう少し広い範囲を巡回して警備し、怪しい者が皇帝の身辺に近付かないよう、目を光らせるつもりのようだ。

皇帝滞在の準備に携わった怜倬も、皇帝の滞在中は自らが連れてきた五人ほどの兵士たちとともに寺で寝泊りし、皇帝の生活にあれこれと便宜《べんぎ》を図るという。

皇帝一行の食事は、怜倬が手配した料理人たちが仮設の宿泊所内で作ることになっている。

羽水たち寺の者の食事は、これまでと同じように、寺院で働く女性二人が作る。

神巫子である父と、羽水たち兄弟を含めた巫子五人。庶務担当の男性二人に、食事や洗濯などをする女性二人と、雑用や力仕事をする男性三人と小間使いの少年一人の、総勢十四人――。

寺に暮らすそれらの者のうち、常に自室で食事をとることになっている神巫子の父親を除く十三人も、皇帝の一行が食事をしている間に、いつも食事をする棟での昼食を終えた。

それからしばらく休憩をとった後、皇帝の護衛の兵士たちはそれぞれの持ち場に就き、さっそく警備の仕事を始めた。

羽水たちは、皇帝の陽と口燕、重臣二人、怜倬に、寺を簡単に案内することにした。

寺院では、これからの一ヶ月間、皇帝の世話をする案内役を一人、あらかじめ巫子の中から決めていた。今日の昼の案内も、最初だから寺の他の者たちも同行するが、主な説明などは彼に任せるつもりだったのだが――そこで、予期していなかった事態が起こった。

皇帝の陽が、滞在中の案内役は羽水がいい、と言い出したのだ。

羽水とはすでに寺に着くまでの間に話したりして、気心が知れているから――と。

もちろん、皇帝の希望は『絶対』だ。異論など許されない。

羽水は戸惑いながらも、急遽《きゅうきょ》、陽の望みに従って、寺院内を案内することになった。

そして、夕食後――。

皇帝たちが本堂奥にある五つの宿泊部屋に落ち着いてから、寺院の皆は再度集まった。

皇帝の案内役が寺側で予定していた者から羽水に代わったので、これから一ヶ月間の仕事の分担などを割り振りし直し、細かく打ち合わせしたのだ。

幸い、羽水は神巫子ではないため、これからの雨乞いの祈禱で果たす役割も限られており、時間的には余裕がある。自分の仕事をこなしながらでも、少しがんばれば、皇帝に対して失礼にならないくらいの案内役は果たせるだろうと、寺の皆で判断した。

父親や寺の者たちは、羽水が皇帝の陽から気に入られたのはいいことだ、と思っているようだ。決して粗相《そそう》のないよう、これからのことを話し合っているうちに、夜が更けていき――。

こうして本堂脇に建つ住居棟の自室に戻ってくるのが、真夜中近くになった。

今もまだ羽水は、ぼんやりとした気分だ。自分が皇帝の陽から名指しで一ヶ月間の案内役に任じられたのが、どうにも信じられない。

（案内役として、皇帝様の近くで過ごすことになるとは思わなかった。というか……そもそもあんなふうに親しく口をきくことがあるなんて、思っていなかったのに……）

皇帝と同じ寺院内で一ヶ月間暮らすのだから、なんらかの接触はあるとは思っていた。

だが、自分は彼にほぼ付きっきりになる案内役でもないし、雨乞いの儀式のときに、もしかしたら少し言葉を交わすこともあるかもしれない、という程度だと思っていたのだ。

それなのに、今日の昼は、出会ったばかりで同じ馬車に乗せてもらい、午後には付きっきりで寺の中を案内して……。やさしい笑みを浮かべた皇帝の陽は、一庶民である羽水に、身分差を感じさせない親しげな態度で接してくれた。

彼と話していると、羽水の方もふっと、昔からの友人といっしょに過ごしているような錯覚に陥《おち》りそうになることが何度もあった。そのたびに、戸惑った気持ちになった。

（昼間、寺の前で馬車を降りるときも、これから僕とこの龍神山で過ごすのが楽しみだって言ってくださって……。本当に……ちょっと変わった皇帝様だ……）

今はもう、兵士たちが護衛する本堂奥の部屋で休んでいるだろう、皇帝の陽。

彼の朗らかで男らしい笑顔を、天井にぼんやりと思い描いて——仰向けになってそれを見上げていた羽水は、いつの間にか自分の頬が火照《ほて》っているのに気づいた。

「……？」

寝台の上で身を起こし、両手で熱を持った頬を挟む。

「あ……？　どうして、こんなふうに……？」

皇帝一行を迎えたことで、自分もやはりいくらかの緊張や興奮を感じているのだろうか。

羽水は戸惑いながら寝台をあとにし、部屋の奥へ向かった。

庭へ出られる大きな格子の窓扉を、キィと音を立てて開ける。初夏であっても冷たく感じる山の夜気が流れ込んできて、羽水の頬を冷やしてくれた。

「ああ、涼しくて気持ちいい」

低い庭木の茂みがあるだけの、殺風景な庭。寺の周りを警備している兵士たちがあちこちで燃やしている篝火《かがりび》の明るさが、高い塀の向こうにぼんやりと浮かんで見える。

隣の部屋にも続いているその庭に一歩出た羽水は、夜空の月の美しさにほうっと息を吐いた。

「今夜も、月がきれいだな……」

うっとりと黄色い満月を見上げていたところ、庭の隅の方でガサッと葉擦れの音が立った。

息を詰め、音のした茂みの方を見てみる。

茂みの暗がりから、自分の方を見つめる何者かの視線を感じた。

「……？　誰かいるの……？」

緊張しながら小声で問いかけると、茂みの枝がガサガサと音を立てて動く。

そして、暗い葉陰の間から、白く大きな獣がのっそりと姿を現した。

太い四本の脚でゆっくりと歩いてくるそれは、がっしりとした巨体で、全身に黒い縦縞模様が入っている。耳は丸く、長く太い尻尾を持っていた。地面をしっかりと踏む足には鋭く大きな爪が見えており、尻までの体長は羽水の一・五倍くらい、身幅は三倍ほどもあるだろう。

「っ……!?」

（あ、こ、この獣は――――）

実物を今まで目にしたことはなかったが、羽水はその獣のことを書物で見て知っていた。

「と……とっ、虎っ!?　白虎っ!?」

月明かりを浴び、虎の長く白い体毛がキラキラと黄金色の光の飛沫を放っている。

まるで神獣のように美しい、しなやかで力強い全身。光り輝くようなその白虎の姿に、羽水の目は引きつけられた。

（なんてきれいな虎――――！　虎って、こんなにきれいで神々《こうごう》しいんだ……？　でも、どうしてこんなところに？　ここは虎の生息域じゃないのに……）

羽水はただ息を詰めて、呆然と白い虎を見つめていることしかできなかった。

ゆっくりとした歩みで近付いてきた大きな白虎は、羽水の五歩ほど手前でピタリと歩みを止めると、正面から羽水の顔をじっと見上げてくる。

羽水はふと、その虎の瞳に目を止めた。

「あ……？」

大型の肉食獣らしく鋭いが、どこか温かくて親しみを感じさせる瞳。深く美しい紫色をしているその双眸に、羽水は見覚えがある気がした。

（この、宝石みたいな紫色の瞳は、まさか……？　でも、そんな……？）

そうだ、という気持ちと、違うのでは？　という気持ちの二つが、心の中でせめぎ合う。

どちらが正しいのか、すぐには判断できない。しかし、羽水は自分の直感を信じ、目の前に四本の脚で立つ虎の方へ、恐る恐る一歩近づいた。

「あの、もしかして……こ、皇帝様……ですか？」

「グルッ……？」

一瞬、白虎がわずかに目を瞠ったように見えた。

驚いたような表情をした虎は、次の瞬間、グルルッ、と喉の奥で低く鳴きながら、獣の姿を人間の男性の姿へと変えていった。

（あっ……ああっ……？）

信じられないとしか言いようがないその変化を、羽水は見守っていた。

すぐに羽水の前に現れたのは、地面に片膝をついた二十代後半くらいの裸の男性だった。

肌の色が濃く、精悍で整った顔立ち。

眉ははっきりとしていて意志が強そうで、黒髪が広い肩にかかっている。屈《かが》んで土に片膝をついている全身には逞しい筋肉がつき、思わず見惚れそうになるくらいに男らしい容姿だ。

知的で美しい紫色の瞳は、慈悲深さと温かみを湛《たた》えている。

二つの瞳が、まるで光る宝石のように、月明かりの射す夜の庭にぼんやりと浮いて見えた。

「あ……？」

すっとその場に立ち上がった男性の姿を見て、羽水は小さく息を吞んだ。

彼は羽水よりもずっと背が高く、見下ろすように見つめてくる。その彫りが深く端整な顔は、間違いなく、羽水の知っている人物のものだった。

（あ……や……やっぱり……!!　皇帝様だっ……!?）

彼が裸であることにハッと気づき、羽水は急いで部屋の中へ走り戻る。

大きめの上着と帯を箪笥から取り出し、きちんと畳まれたそれを手にして再び庭へ出た。

「あのっ、これをっ……」

「羽水……。ああ、すまない……」

皇帝の陽は少し戸惑ったように苦笑し、上着を受け取ってふわりと羽織って腰で帯を締めた。

彼の肌が隠れたことにホッとした羽水は、おずおずと微笑みかける。

「やはり、皇帝様だったのですね……？　どうしてこちらへ？　こんな時間に供《とも》の方も連れずにお一人で外に……なにか、急用でもおありでしたか……？」

「……」

皇帝の陽は、しばらくの間じっと黙って立っていた。

だが、羽水が不思議そうに二度ほど瞬きしたのを見たあと、静かに口を開く。

「いや……そうではない。ちょっと、お前のことが気になって……」

「……?」

「昼間、山道で会ったときに、足を挫いていただろう?」

彼は白い湿布を巻いた羽水の右の足首を、チラリと見下ろした。

「その後、手当てを受けたことは知っているが……あのあと、お前に寺院内の案内も頼んでしまった……。無理をさせたせいで、夜になって痛んでいないだろうかと、心配になったのだ」

「あ……」

「お前の部屋は、この建物の奥だと聞いた。それで、様子を見られたらと思ってここへ……。もう夜も遅いし、口燕を起こすのも気の毒で、一人で来た」

「……そ、そうだったのですか……?」

皇帝が一人で行動するなんて不用心に思える。

だが、寺院は大勢の兵士に夜通し警備されていて安全性は高い。それに、皇帝が判断して行ったことに自分ごときが意見すべきではないだろうと、羽水は思った。

(足の心配をしてくださったなんて、皇帝様は本当にやさしい方なんだな。昼間も、僕を馬車に乗せてくださったし……身分を全く気にせず、他人に思い遣りを示してくださる方なんだ……)

皇帝から、これほどまでに心遣いをしてもらえるなんて……。

羽水は感激で胸をいっぱいにし、彼に向かって深く頭を下げた。

「ご心配いただきまして、ありがとうございます。足の方はもう大丈夫です」

「そうか……？」

「はい……すでに痛みも消えましたし、普通に歩けます。明日からの皇帝様の案内役の方も、問題なく務められると思いますので、どうぞご安心ください」

頭を上げ、にこりと陽に微笑みかける。

「わざわざご訪問くださり本当にありがとうございます。あの……これからお部屋に戻られるのでしたら、本堂までご案内いたします。それとも、口燕様をお呼びした方がよろしいですか？」

「……」

陽がまた黙って見つめてきて、羽水は首を傾げた。

どうしたのだろう、と思って見つめ返していると、陽は不審そうに眉を寄せる。

「訊《き》くことは、それだけか……？」

「え……？」

「いや、先ほど……俺の、虎の姿を見ただろう？　虎から人の姿へと変わるところを……。それなのに、お前が俺に訊きたいことはそれだけなのか……？　怖くは……ないのか……？」

「あ……」

羽水はなにを問われているのか理解し、あわてて頷いた。

「は、はい……あ、いいえ、あの……先ほど、白虎を見て、驚きはしましたが……」

先ほど感じたままを、素直に話した。

「確かに虎は危険な獣ですし、ましてや人間に変化するなんて……もっと怖がっても、おかしくはなかったとは思いますが……。でも、すぐに皇帝様だと分かり、一気に安心してしまって……」

「……？」

「人の姿になった皇帝様を見たら、ああ、やっぱりそうだったのかと思って……。なんというか、目の前で虎が人間に変化したことも、それほどおかしなことではなく、なんとなく自然なことに感じられてしまって、怖いとかはなにも思わず……」

今も、白虎から変化した皇帝の陽を目の前で見ていても、なんの恐怖も緊張も感じない。

そのことが、羽水は自分でも不思議だった。

「『なんとなく自然なこと』……？」

強張っていた陽の頬がふっと緩み、そこに朗らかで男らしい笑みが浮かんだ。

「お前というのは、かなり変わっているのだな。普通の者だったら、悲鳴を上げて逃げ出してもおかしくない場面を目にしたというのに……」

彼は興味深そうに訊《たず》ねてくる。

「そもそも……どうしてすぐに、さっきの虎が俺だと分かった？　お前は、人間の姿をしている俺しか見たことがなかっただろうに……」

「あ……そ、それは……」

羽水は失礼にならないように言葉を選び、慎重に答えた。

「それは……先ほどの白虎が、皇帝様と同じ、紫色の瞳をしていたので……。紫色の瞳はとてもめずらしいものですので、それで……」

美しい紫色の瞳が、皇帝の陽と白虎を結びつけた、一番の要因ではあるが――。

本当のところ、どうして虎を見て『彼だ』と感じたのか、羽水自身にもよく分からない。

「あとは、白虎の温かな雰囲気が、皇帝様となんとなく似ているような気がして、それで……」

「また『なんとなく』か？」

陽は、クスッと小さな笑みを漏らした。

「お前は、やはりどこか変わっているのだな。直感が鋭いというか……さすが龍神の血を引く巫子だ。普通の者なら、虎と人の雰囲気が似ているなどと、あまり思わないものだろう？」

「は、はい……でも、とても神々しくて美しい、きれいな白虎だったので……」

羽水は思わず陽の言葉に頷きながらも、うっとりと熱の籠もった声で言う。

「猛々しい獣のはずなのに、凶暴に見えなくて……すごく知的で、温和そうで、でも強く勇ましそうで……。昼間お会いした皇帝様のお姿と、ぴったり重なってしまったのです」

「……」

皇帝の陽から困惑したような目で見つめられているのに気づき、羽水はハッと我に返った。

「あっ……あ！　すみません！　僕、皇帝様に対して、なんて失礼でぶしつけなことを……」

「いや、いいんだ」

陽は二度ほど瞬きをし、羽水に幸せそうな笑みを向けてくる。

「そんなふうに言ってもらえてうれしいぞ。羽水……お前は先ほど、本当に、今言ったように思ってくれたのか？　俺の虎の姿を、美しいと……？」

「え？　は、はい……」

「そうか……」

深く満足そうに頷いた陽は、羽水の前で突然、すっとその場に片膝をついた。

跪いた彼は羽水の右手を取り、自分の顔の前でギュッと強く握る。

「こ、皇帝様……？　どうされたのですか……？」

わけが分からず目を瞠った羽水を、陽は熱っぽく潤んだ瞳で見上げてきた。

「羽水……。どうか、俺と結婚してくれ」

「っ……!?」

「お前を、俺の生涯の伴侶に……妻にしたい。皇后となって、俺と皇城で暮らしてくれ」

懇願するように訴えかけてくる陽の表情も声も、真剣そのものだった。

「え……え？　結婚……？」

羽水は右手を握られたまま、足元に跪いている陽を呆然と見つめるしかなかった。

2. 龍の住む村

翌朝、羽水はまだ空が暗いうちに、皇帝の陽を起こしに行った。

皇帝一行が寺院に滞在するのは、これから約一ヶ月間だ。そのうち予備日となっている最後の一週間を除く四週間を、雨乞いの祈禱の儀式に全てあてる予定となっている。

祈禱は早朝と夕方の一日二回、日の出と日の入りを跨《また》いで、一刻ほどの長い時間行われる。

神巫子である羽水の父、羽水、羽水の弟の伊地、他の三人の男巫子と、今回の祈禱の依頼者である皇帝の陽の七人が、本堂の祈禱場で声を揃えて祈禱の文言《もんごん》を唱え上げるのだ。

本堂には、その昔、神龍が羽水の一族に授けたと伝わる、大きな水色の水晶石が祀《まつ》られている。まずは二週間、寺の御神体となっているそれに向かって、祈りを捧げる。

祈禱の開始から二週間経つと、今度は寺の近くにある五龍湖《ごりゅうこ》で祈禱を行う。五つの湖の前に設《もう》けられた祈禱台に座り、本堂でしたときと同じように皆で、朝夕、祈禱の文言を唱え上げる。

その五龍湖には、五柱の神龍が住むと言われている。

神龍というのは本来、天界の生き物だ。だが、彼らが人界での住み処《か》としているのが、この龍神山であり、もっと正確に言えば五龍湖であると、昔からこの地の者たちは考えている。

起きてすぐに夜着から祈禱用の白い着物に着替えた羽水は、本堂へと向かった。

奥の部屋を訪ねると、皇帝の陽はすでに起きており、羽水と同じ祈禱のときに着る着物を身につけていた。祈禱が行われる間、側近の口燕は護衛のために祈禱場の扉の外で待っていた。

そうして朝の祈禱を終えたあと、夕方の祈禱の前にまた呼びに来る約束をして陽とは別れた。

その後、着替えて寺の者たちと朝食をとった羽水は、いったん部屋に戻り薬箱の用意をした。

今日は一週間のうち三日間、半日だけではあるが龍神村で無料の治療を行う日のうちの一日なのだ。寺の小間使いの十四歳の少年・砂工を連れて、二人で出かける予定になっている。

羽水は薬箱を手に提げて自室をあとにし、砂工との待ち合わせ場所である山門へと向かった。

「ふう……」

昨夜のことを思い出すと、どうしても気持ちが乱れて、ため息が出てしまう。

昨日――真夜中に、皇帝の陽が白虎の姿で、羽水の部屋の外に現れて――。

うっとりするほどきれいだった白い虎の姿のことを、ただ素直に美しかったと言ったら、彼から求婚された。妻になって欲しい――と。

陽は、夜も遅いし詳しい話はまた改めて、と言い残して、自室へ戻っていった。

昨夜のそのときも呆然としていてわけが分からなかった羽水だが、一晩明けた今日になってもやはり、どうしても彼の意図が理解できない。

(まさか、男でなんの身分もない僕と本当に結婚したいなんて思っているはずはないよね？　皇帝様ともなれば、奥様だって相当良い家の方でないと、家柄的に釣り合わないだろうし……)

そもそも、昨日会ったばかりで求婚するなんて、普通の男女間であってもおかしい。

おまけに皇帝の彼が、一庶民である自分の前に跪いて『結婚して欲しい』と懇願するなんて。

やはり、なにかの冗談なのだろうか。

（でも、僕に『皇后になって欲しい』って言ったときの皇帝様の顔は、すごく真剣だった……）

陽の真意を知りたいとは思うのだが、先ほど祈禱のときに会ったときには、彼からなんの話もなかった。改めて詳しい話をすると言っていたが、いったい、いつするつもりなのだろう。

そんなことを考えて悶々《もんもん》としながら歩いていくと、十数人もの兵士によって厳重に警備されている寺の門の手前に、一人で立つ弟の姿が見えた。

どうして？　と思った羽水が、伊地、と名前を呼ぶと、彼は顔を上げる。

「あ、兄上」

黒髪で羽水よりも背の高い弟の伊地は、朝食後に別れたときよりも明らかに顔色が悪かった。

「どうしたの？　顔が青いよ……気分でも悪い？」

「いえ、大丈夫です。ただ、お話ししておきたいことがあって……」

「……？」

「実は……つい先ほど、部屋にいましたら、また『あれ』を見たのです」

伊地がためらいがちに話し出し、羽水はすぐに気持ちを引きしめた。

「いつものように、眩しい光のようなものが頭の中で瞬いて……その途中で、何度か、波打っている五龍湖が見えたのです。まるで嵐のように湖面が激しく高波を上げ、空は鉛色《なまりいろ》にどんよりと曇っていて……なんだか、見終わったあと、とても嫌な気分になって……」

「いつもの『予知』で間違いないんだね……？」

羽水が慎重に問うと、伊地は頷いた。

「この龍神山に、なにか悪いことが起こる前兆かもしれません。力不足で、今回、なにが起こるのかはっきりとは分からないのが、もどかしいのですが……」

「……」

弟の伊地には、小さな頃から独特の不思議な力がある。

近いうちに起こる出来事を予知するのだ。弟が見る『予知』はなんの前触れもなく光とともに頭の中に浮かび、それを瞬間の映像として『見る』。

出来事がはっきりと具体的に見えることもあれば、象徴的な映像が見えることもある。

十年前に母親の死を予知したことから始まり、これまでの経験上、良い予知も悪い予知も一度として外れたことがない。兄の羽水と神巫子である父親しか知らない力ではあるが、父親は、弟の伊地がそういった力を持つのは、きっと龍神の血を引くためだろうと言っている。

兄弟ではあるが、羽水にはそういった『力』は全くない。

羽水は、色白で水色の瞳、髪が薄茶色という一般の者とは異なった外見をしていて、そのため龍神の血が濃いのだろうと皆から思われている。だが、羽水本人は、黒髪に黒い瞳という普通の容姿をしている弟の方が、よほど龍神の力を色濃く受け継いでいると感じている。

今回もきっと、弟の伊地の予知は正しいのだろう。

（この龍神山に関することで、悪いことか……。あまり重篤《じゅうとく》なことじゃないといいな……。寺院には、皇帝様たちも滞在されていることだし……）

羽水は心の中でそう願いながら、弟に頷いた。

「そうか……じゃあ、これから五龍湖やこの寺院に関することについて、特に気をつけておくように、寺の皆に言っておくよ。悪い事が起こっても、すぐに対処できるように……」

これはいつもの対応だ。今回は、予知したからと言って、なにが起こるのか、正確で具体的なところが分からない。だから、できるだけ気をつけて経過を見守るしかない。

「このことは、皇帝様たちのお耳には入れないようにね。皇帝様たちがいらしてすぐに、お前がそんな『予知』を見たなんて聞いたら、よい御気分にはなられないだろうから……」

「はい。分かりました」

羽水の念押しに、伊地はしっかりと頷いた。

「では、私はこれで……。今日は、私は村へごいっしょできませんが……お気をつけて」

「うん……ありがとう」

立ち去っていく弟を見送り、荷物持ちとしてついてくるはずの砂工はまだ来ないのかと、羽水が本堂の方を見たとき、その正面から二人の男性が出てきた。

左右に開け放った観音扉を通り抜けて、彼らは堂々と歩いてくる。

すらりと背が高く、若々しい青年の身のこなしの二人は、皇帝の陽と彼の側近の口燕だ。

彼らはどちらも黒髪だが、口燕は耳の上までと短く、陽は広い肩にかかっていて少し長い。

昨日の昼間、馬車で寺院に着いたときとは違っていて、陽は皇帝の証《あかし》である黒い冠を被っていない。その不揃いの髪の先が触れる肩は、膝丈の庶民的な浅葱色《あさぎいろ》の上着で覆われていた。

腰帯も、昨日は金色だったが今日は落ち着いた品のある濃い緑色で、かなり地味に見える。

剣は昨日と同じ、赤い房飾りがついた鞘の彫刻が美しい長剣だが、服装は全体的に高級感が抑えられており、皇帝というよりは地方の商家の子息風だ。

（あれ……？　皇帝様なのに、こんな格好……？）

ふと疑問を感じていると、陽が羽水に気づいて笑顔になった。

「羽水っ」

「あ、皇帝様……」

一瞬、ビクリと身構えた羽水のところへ、陽は口燕を連れて早足でやってくる。

目の前に立った彼は、肌の色が濃く、相変わらず顔立ちの男らしさが際立っていた。

精悍でありながら、知的で爽《さわ》やか、そして穏やかな雰囲気をまとっている。

たとえその着物が少し庶民的なものであっても、内面から放たれる皇帝としての威厳や気品といったものは、どうにも隠しようがないように見えた。

（わあ……紫色の瞳が、青空に映《は》えて……。本当に、きれいだ……）

息を呑むほど美しい陽の瞳に見惚れていると、彼は先ほど弟の伊地が去っていった方を見る。

「あの者は、昨日、紹介を受けた……確か、お前の弟だったな」

羽水はハッと我に返った。

「は、はい」

「昨日も思ったが、お前とはあまり似ていないな。瞳の色も、髪の色も違っていて……」

「はい……そうなのです。ですが、同じ父母から生まれた兄弟です」

羽水は、やさしかった生前の母親の長いきれいな黒髪を、ぼんやりと脳裏に思い描いた。

「昨日お話ししましたように、母はもう亡くなっていますが……弟と同じ、黒髪で黒い瞳をしていました。父も、髪や瞳は黒色です。ただ僕一人だけが、家族の中で容姿が特殊なのです」

「そうか……。昨日、龍神の血が濃いせいだと言っていたな」

陽は神妙な顔をして、深く頷いた。

「実は、俺もそうなのだ」

「え……?」

「昨夜、庭で、俺が白虎に変化したときの姿を見ただろう?　俺があぁして虎の姿に変化できるのは、皇家に伝わる獣の虎の血を引いているからなのだ」

「虎の血……ですか?」

目を瞠った羽水に、陽はもう一度、しっかりと深く頷いた。

「昨夜は時間が遅かったから、話しそびれたが……。遙か昔、皇家の祖先の血に、獣の虎の血が混ざったと言われている。その血の作用で、俺の一族のうち虎の血が色濃く現れた者は、俺のようにこうして紫色の瞳で生まれてくる。そして、自由に虎の姿に変化することもできるのだ」

陽は自分の瞳を指先で差し、にこりと微笑んだ。

「人でないものの血を引いている点で、お前と俺は同じだな。その血の影響で、容姿が普通の者と少し異なっているという点も……」

獣の虎の血を引いている――。そんな人がこの世にいるという話を聞くのも、その人を実際にこうして目の前で見るのも、これが初めてだ。

自分たち以外にも、そうした特殊な人間がこの世界に存在していたなんて……。

(僕の一族も、天界の神龍の血を引いているとは言われているけれど……。でも、皇家にも似たような話が伝わっているなんて、初めて知った……)

陽は、戸惑う羽水の水色の瞳をじっと見つめ、温かな声で問いかけてくる。

「ところで身体の変化についてはどうだ？　龍神の血の作用で、お前も龍に変化できるのか？」

「い……いえ、僕は……」

羽水はますます戸惑い、首を横に振った。

「龍神の……神龍の血を引いているとは言われていますが、龍の姿になることなどできません。祖先にも、そういった者はいなかったと思われます」

「そうなのか……。まあ、獣の虎と違って、そちらは『神』だからな。天界とこの人間界を行き来する神龍に変化することは、獣の虎に変化するよりも難しいのかもしれないな……」

陽は、うんうん、といかにも納得したというように頷く。

背の高い彼の美しい紫色の瞳を、羽水は改めてまじまじと見上げた。

(虎の血の影響で、この方の瞳はこんなにきれいな紫色をしているんだ……？)

何百年も続いている皇家なら、虎の血が混ざっているという不思議もありえるかもしれない。

羽水は、陽の話に自然と納得してしまった。

「よろしいのですか、陽様。この者にそのようなことまでお話しになられて……」

陽のすぐ横に立っていた口燕が、咎めるように眉を寄せた。

「よいのだ」

陽はさらりと口燕に言い、また羽水に微笑みかけてくる。

「羽水よ……今話した『皇家に伝わる虎の血』のことは、皇城内でもごく一部の者しか知らない秘密だ。けれど、お前には話しておく。お前は、近いうちに俺の妻になるのだから」

「っ!?」

「ちなみに、先ほどの弟にも話していいぞ。お前と結婚すれば、俺の義弟になる者だし……」

「!!　!!」

まるで、もうすでに『妻』になることが確定しているかのように言わないでください――！

羽水はそう声に出して叫びたくなったが、必死にこらえた。

「は……話しませんっ。たとえ弟にでも、皇帝様の私事にかかわるようなことをっ！」

羽水が強い口調で言い返しても、陽は爽やかに微笑んだままだ。

「いや、話しても大丈夫だぞ？　お前たち兄弟は、龍神の血を引いた特別な者たちだし……それに、他人の秘密をペラペラと吹聴して回るようなことはしないと、信頼している」

「……」

「できれば、俺の求婚の件も弟に話してくれ。上手くいけば、弟に応援してもらえる。身内が賛成してくれていれば、お前との結婚も大きな困難なく進めることができるだろう」

「お、弟が、応援……？」

笑顔を崩さない陽に、羽水はもうなんと言い返していいか分からなかった。

羽水が『皇帝様から求婚された。しかも、出会ったその夜に』などと話したら、弟をひどく混乱させる。場合によっては、弟の伊地は卒倒してしまうかもしれない。

なんといっても、皇帝の陽も羽水も同性の男なのだから――。

（結婚、結婚って言っていらっしゃるけど……男同士で結婚って、どう考えてもおかしい。側近の口燕様は、皇帝様がこんなことを言っているのをどう思っていらっしゃるんだろう……？）

羽水は、陽の隣に立つ口燕をチラリと見た。

黒髪の先が耳の上にかかる彼は、眉間を寄せた呆れたような顔で羽水の方をじっと見ていた。

皇帝の陽がすることを自分は止められない――。そんな諦めの気持ちを、彼の今にもため息を漏らしそうな表情から読み取ることができた。

（っ……？　皇帝様が男の僕に求婚しているのを、側近の人も止められないの？　だって男同士で結婚なんてしたら、口燕様も、皇城の家臣の人たちもすごく困るはずなのに……？）

その辺の事情がどうにもよく分からない……。

羽水が言葉を返せず突っ立っていると、目の前の陽がじっと見つめてくる。

「……？」

上目遣いに見上げた羽水の頬に、蕩けそうに微笑んだ陽がすっと右手を上げて触れた。

「しかし、お前の水色の瞳は本当に美しいな。この白い肌にとてもよく似合う……」

「あ……」

うっとりとした笑みを浮かべる陽が、羽水の頬を静かに撫でたそのとき――。

「あ〜っ！　気安く触っちゃダメだよっ！」

すぐそばで大きな声がしたかと思ったら、羽水と陽の間にぐいっと割り込んできた者がいた。

突然、左右に突っ張った両手で陽と羽水を引き離したのは、羽水と同じくらいの背丈の、大きな荷物を背負った黒髪の少年だった。

健康的に日焼けしている彼は、弟の伊地より一つ年下の寺の小間使い・砂工だ。

「羽水様は、次期神巫子様なんだから！　そんなふうに触っちゃダメだっ！」

陽に向かって噛みつかんばかりに叫んだ砂工の首の後ろを、口燕が素早くつかんで引っ張る。

「貴様《きさま》っ、皇帝様になにをするっ!?」

「なんだよ、離せっ！」

口燕にしっかりと首を持たれた砂工は、逃れようと手足をジタバタさせた。

そんな砂工を、陽は不審そうに二度ほど瞬きをして見つめる。

「……？　誰だお前は……？」

「す、すみませんっ。この者は、寺で働いている砂工といって……」

羽水はあわてて、口燕が首を離した砂工の腕をつかみ、自分の方へ引き寄せた。

「こら、砂工っ。皇帝様にそんな言葉遣いをしたらいけないよっ！」

「だって、皇帝様が……」

砂工は言い訳をしながら唇を尖らせたが、さすがに皇帝に対して失礼な態度を取ったという自覚があるのか、口の中でゴニョゴニョと呟くように、すみません、と謝罪した。

陽はその謝罪を受け入れるかのように、何度か大きく頷く。

「ふむ……そういえば、この者も昨日紹介されたな……。寺の小間使いだとか……」

「はい、そうなのですが、寺の……というより、ほとんど、僕の身の回りの世話などをしてもらっています。今日はこれから、下の龍神村に行って診療を行う予定なのですが……砂工にはいつも、こうしてついてきてもらっているのです」

羽水がつかんでいた砂工の腕をやさしく離すと、彼は陽へ向かって胸を張った。

「俺は羽水様の『お付き』なんだ。いつもおそばにいるから」

「なるほど……」

陽は砂工の言葉に納得したというように頷き、羽水ににこりと微笑みかけてきた。

「では、そろそろ出発しよう。いっしょに村へ行く者も、こうして揃ったようだし……」

「え……？」

「昨日、山の中で出会ったときに言っていた『無料の診療』に出かけるのだろう？　俺もいっしょに連れていってくれ。お前が働いているところを見てみたいのだ」

「あ……では、そのおつもりで、そのようなお着物で……？」

羽水は戸惑いつつ、商家の子息風といった陽の全身を眺める。

「あまり目立つわけにはいかないと思い、着替えてきた」

陽は頷き、熱くうっとりとした眼差しで羽水を見つめてきた。

「お前についていって、この地方の村の暮らしぶりも見てみたい。都にいるときには皇帝としての仕事が忙しく、とてもこんなふうにゆっくりと時間をかけて視察はできないからな」

「……というのは、建前でしょう？」

胸の前で腕組をした口燕が、呆れたため息混じりで隣から口を挟んでくる。

「陽様は、たんに窮屈《きゅうくつ》な寺院を抜け出し、この羽水という者と過ごしたいだけなのでは？」

「まあ、それが一番の理由ではあるが……」

にこやかに微笑む陽に、今度は砂工が問いかけた。

「え、でも……大丈夫ですか？　歩いていくんですよ？　村の中でも、ずっと歩きですし……帰ってきて山を登るときも、馬車は使いませんけど……。途中で、もう歩けなくなったなんて言われても、背負って差し上げることなんてできませんよ……？」

「それは心配ない。お前たちに迷惑はかけないぞ」

皇帝に対してまた失礼なことを口にした砂工を羽水は叱ろうとしたが、まだ子供だからと許してくれているのか、陽はただ苦笑しただけだった。

「それに、俺はこう見えて、幼い頃から武術の鍛錬《たんれん》も積んでいる。いっしょに行けば、きっとお前たちの役に立つこともあるだろう」

「ふうん……」

砂工はまだ『どうだか』と半ば疑うような目をしていたが、いちおうは納得したようだ。

羽水は皇帝の陽がいっしょに龍神村へ行くことに、少し不安を感じた。

「あの……ですが、本当に山を下りられるのですか？　皇帝様の身になにかあったら……」

「それは大丈夫だ」

頷いた陽に続いて、口燕も羽水に言う。

「山の下の龍神村には、いたるところに皇城の兵士たちが配置されている。先ほど皇帝の陽様がお忍びで訪問することも伝えておいたから、目立たないように隠れて護衛してくれるだろう」

「そうなのですか？　それならば……」

側近の口燕がそう言うなら大丈夫だろうと、彼の言葉を信じることにした。

羽水は陽たちを丁寧に促し、寺の門を出る。

最初は陽より二歩ほど後ろを歩いていた羽水だが、彼に並ぶように言われてそれに従った。

道の先を歩くのが皇帝の陽と羽水。その後ろに、これから村で行う診療に必要な用具を包んだ荷物を背負った砂工と、陽の護衛のためについてくる口燕が続いた。

ゆるやかな山の坂道を、羽水は左手に薬箱を提げて下っていく。

頭上を初夏の美しい緑が覆う気持ちのよい道を歩いていると、陽の歩みが遅いのに気づいた。

昨日、足首を挫いてしまった自分を気遣ってくれているのだろう。

羽水はそう分かって、胸の奥がじわりと温かくなった。

(やっぱり、皇帝様はやさしい方なんだ。昨日からずっと、気遣ってくださっている……)

彼にこれ以上の気を遣わせないよう、もうほとんど痛まないが今もまだ湿布を当てている右足をなるべく引きずらないようにして、羽水は歩いた。

そのまましばらく行ってから、チラリと背後の砂工を振り返って陽に言う。

「すみませんでした、先ほどは砂工が失礼な口をきいて。あとで、よく言い聞かせておきます」

「いや、構わない」

羽水の謝罪に、陽は笑顔を返してきた。

「俺の身分を気にせずに話してくれる者に会い、久しぶりに気分がいいと感じているくらいだ。それにしても……お前はあの者に、とても慕われているのだな」

「は、はい。砂工は、僕の弟のようなもので……」

羽水は、砂工が寺院で働くことになった経緯を話すことにした。

砂工が寺へ来たのは、十年前――。羽水の母親が亡くなってすぐのことだった。

新しい働き場所へ向かって旅をしていた貧しい母子が、龍神村へ立ち寄ったが、風邪をこじらせた母親が亡くなってしまった。一人残されたのが、当時四歳だった砂工だ。

村人たちが、どうしたものかと困り果て、行くところのない砂工を寺へ連れてきた。

相談を受けた父親や寺の者たちに、羽水は寺院で面倒を見てあげて欲しいと頼み込んだ。

羽水はまだ七歳だったが、自分たち兄弟と同じように母親を亡くした砂工に同情したのだ。唯一の肉親を亡くしてしまった悲しみを、目に涙をいっぱい溜めて耐えている砂工の姿を見て、これ以上心細い思いをさせたくないという気持ちになった。

亡くなった自分の母親が、この子を守ってあげて、と砂工を自分に託したような気もした。

そして、それからの十年間——砂工は寺に住み込みの小間使いとして、そして次期神巫子である羽水の身の回りの世話をしたり仕事を手伝ったりする『お付き』として働いてきた。

今では羽水にとって、砂工は伊地と同じ本当の弟のような存在となっている。

「砂工を昔引き取ったときのことで、砂工は僕にずっと恩義を感じていて……。それで、僕のことを兄のように慕ってくれているのだと思います」

「そうか……」

話に聞き入っていた陽が、静かに微笑んだ。

「なんにしても、素直に慕ってくれる弟のような存在がいるというのはいいものだな」

「はい」

「弟妹の可愛らしさは、俺もよく分かるぞ。なにしろ、俺には十人以上の弟妹がいるからな」

「えっ……十人以上ですかっ？」

羽水が目を瞠ると、陽は歩きながら楽しそうに頷く。

「うちの両親は子だくさんでな。三つ子で生まれた長男の俺を含めて、兄弟は全部で十三人だ」

「じゅ、十三人……！」

「十三人全員が虎の血を色濃く引いていて、皆が虎の姿になれるのだ」

陽は背後を歩く砂工に聞こえないようにしようとしてか、声を低く潜《ひそ》めた。

羽水は、ただ圧倒されるばかりだ。

(兄弟の十三人全員が白虎に変化したら、すごく壮観だろうな……！)

思わずその場面を頭の中にぼんやりと思い描いていると、陽が青空を仰いだ。

「この龍神山は、初夏の緑が美しい。きれいで穏やかな山だな」

彼は歩きながら、前方から吹く初夏の爽やかな風を気持ちよさそうに浴びる。

「俺の家族は、俺が小さな頃から毎年夏に桃狩りに出かけていた。都の郊外にある桃源山《とうげんさん》というところに御料地《ごりょうち》の桃林があって、そこへ皆でいっしょに行っていたのだ。この山は、その山に似ている。のんびりとした雰囲気で……そのせいか、とても懐かしい感じがする……」

大きく深呼吸した陽は、満足そうに微笑んでいた。

その横顔を、羽水は隣を歩きながら見上げる。

彫りが深く端整な顔立ち。男らしく凛々《りり》しい眉に、精悍な頬、美しい紫色の瞳。

浅葱色の着物に落ち着いた濃い緑色の帯を締めていて、いくらか地味な服装。地方の商家の子息風といった出《い》で立ちでも、彼の知的で高貴な雰囲気は消えない。

ついぼんやりと見惚れそうになり、羽水はさりげなく視線を逸《そ》らした。

(皇帝様は、すごく素敵で……だから、余計に信じられない。こんな方が、昨夜、僕に『妻になってくれ』なんて言って、求婚してきたなんて……)

羽水は昨夜からずっと気になっていることを、思い切って訊いてみることにした。

「あの、皇帝様……。昨夜……のこと、なのですが……?」

隣を見ないようにして、小声で問う。

「ああ、求婚のことか?」

すぐにさらりと訊き返されて、羽水はあわてて後ろにいる砂工を振り返った。求婚、という言葉を聞かれていないかと心配した。だが、幸い、背後を歩く二人とはいつの間にか十歩ほど距離が空いていて、砂工は振り返った羽水を不思議そうに見ている。

羽水がホッとして前へ顔を戻すと、陽がまた口を開いた。

「その件については改めて詳しい話をしたい、と言っておいたが……ちょうど二人きりだし、村へ着くまでに時間もあるから、今こうして歩きながら話そう」

「……」

「昨夜のことは、突然で驚いたかもしれないが……まあ、俺が皇帝だからといって、あまり気負わずに嫁に来てくれ。誰を妻にするかについては、俺自身が決めるつもりだ。お前との身分の違いなどについて他の者にはいっさい口出しさせないから、その辺は心配しないでくれ」

にっこりと微笑んだ陽の顔を、羽水は隣からうかがうように見上げる。

「で……では、皇帝様は昨夜……本気で言われたのですか？『結婚して欲しい』などと……」

「ああ、もちろんだ」

きっぱりと頷いた陽に、羽水は歩きながらさらに問う。

「ですが……どうしてですか？　僕は男です。男同士で結婚など……」

「俺が男と結婚することは、皇城ではなにも問題にならない。そもそも、身分に関することと同様、他の者にはなにも言わせないから、その点も安心していろ」

笑顔ではっきりと断言されて、羽水はもうその点についてはそれ以上追及できなくなった。

しかし、身分はともかく、男同士なのに結婚が許されるなんて本当なのだろうか――？　そう疑問に思う一方で、皇帝の陽の言うことが『絶対』であることも理解している。

彼が是《ぜ》と言うものについて、一庶民である羽水がさらなる疑いをぶつけることはできない。

「でも……あ、それに、僕と皇帝様は昨日お会いしたばかりです。それなのに、いきなり結婚というのは、普通の男女間であってもおかしいかと……」

「確かに俺とお前は、まだ出会ったばかりだ」

陽はまた頷く。

「だが、お前は俺の『運命の相手』だと分かった。いずれ必ず結婚する運命にあるのだから、出会ったその日に求婚しても、なにもおかしいことはない」

「う、運命の相手……？」

「そうだ」

大仰《おおぎょう》な言葉に呆然とする羽水に、陽は自信に満ちた笑顔で言う。

「昨夜、お前は、白虎の姿から変化した俺を恐れなかった。それどころか、虎の姿をしていてもすぐに俺だと気づいてくれて、おまけに獣の姿をした俺を『美しい』と言ってくれた。普通の人間なら、虎を恐れはしても美しいなどとは言わないだろう。お前の反応は、他の者たちとはかなり変わっていて……そのときに、気づいたのだ。お前こそが、俺が人生で出会うべく生まれる前から定められていた、一生の伴侶――『運命の相手』だと」

陽はうっとりと幸せそうな口調で話した。

「俺の血筋では……皇家では、代々、虎の姿を見てもなんら驚かず、逆に可愛らしいと言って撫でてくれるような相手に恋をして求婚し、結婚してきた」

陽は歩きながら、うんうん、と何度も頷く。

「俺の父と母もそうだった。出会いは先ほど話した、俺たちが毎年桃狩りに出かける山だったそうだ。母の実家があるその山の麓で、河辺にいた父が虎の姿を母に見られて……」

「前皇帝様たちも……そのような出会いだったのですか？」

「ああ、そうだ。いつも仲の良い夫婦の二人は、俺の憧《あこが》れでな……。だから昨夜は、父や母と同じように、俺もついにお互いを思い遣って深く愛し合える『運命の相手』に出会えたのだと思って……自室に戻ってからも、うれしくてたまらなかったぞ」

戸惑う羽水に構わず、彼は畳みかけるように話し続けた。

「思い返せば、昨夜どうしてもお前の足の怪我が気になり、部屋へ様子を見に行ったのも……きっとお前が運命の相手だったからなのだろうな。なにか、特別な力に動かされたのだろう。ああ……だが安心してくれ、なにも今すぐ結婚してくれとは言わない。これから少しずつ、お前が俺と結婚したい気持ちになってくれるよう、口説いていくつもりだから……。俺のことをきちんと好きになってから、結婚してくれればいい」

「く、口説く……？」

「もちろん、俺には一ヶ月近くかけて行う雨乞いの祈禱という、とても大事な務めがある。だから、お前を口説くとは言ってもそれに支障のない範囲で、ということになるが……」

彼はまた、にこりと太陽のように明るく微笑む。

「とにかく今日も、お前を少しでも口説きたくて、こうして村に同行するのだ。……どうかこれから先、俺のことを少しずつでいいからよく知っていってくれ」

「は、はい……」

頷いてはみせたものの、陽があけすけに言う声は大きく、羽水は冷や冷やした。

背後の砂工に会話を聞かれていないかと、チラリと後ろを振り返って……彼の様子が変わっていないことを確認し、ホッとして前を向く。

陽の求婚が本気だと改めて思い知り、ため息が出そうだった。

(男の僕を『口説く』とまで言うなんて……この方は、本気で男の僕と結婚しようと思っているんだ？　昨夜のことは、なにかの間違いだったらよかったと思っていたのに……)

正直に言って、とても困る――。

こんなふうに『これから口説く』と言われても、先ほどのように結婚するのは男同士でも身分違いでも大丈夫だという話をされても、そんなものは羽水にとっては全く意味のないものだ。

そもそも、これから皇帝の陽を好きになるつもりも、結婚するつもりもないのだから。

(皇帝様はやさしい方で、格好よくて……同性の男の僕から見ても、すごく魅力的な方だとは思うけど……。でも、男でしかもこの国の皇帝様なんていう身分にある方を、この先、僕が恋という意味で好きになることなんて、きっとないと思うから……)

皇帝の彼と『結婚』なんて、さらにありえないが――どうやったら諦めてくれるだろう。

とにかく困ったな、と思い悩んでいるうちに、山の麓まで下りていた。

龍神山は村の北西に位置しており、龍神村までは歩いてすぐだ。

山全体を何重にも取り囲んで警備している兵士たちの間を通り抜け、山の麓に建てられている寺院の新堂と山門をあとにして、村への一本道を歩き出す。

人口八百人ほどの村は、半分が農業や林業に従事している。あとの半分は、龍神山への参拝者相手の宿や食堂を営んで生計を立てている。

今は皇帝に同行した兵士たちも休憩時間などに村を訪れ、普段より活気があるように見えた。

宿や店の先に人の姿がちらほら見える中心部を抜け、村の西を流れる河に沿って歩く。すぐに美しい緑と土、田畑といったのんびりとした風景が広がるようになった。

一階建ての小さな家がポツポツと見えてきて、羽水は隣を歩く陽を見上げる。

「そろそろ、今日最初に訪れる家に着きます」

あそこの家です、と羽水が指さしたとき、近くの道端で遊んでいた三人ほどの子供たちのうちの一人が、羽水の姿に気づいて走り寄ってきた。

「羽水様っ！」

薄桃色の着物を着た、まだ五歳の女の子。兎花《とか》という名前の彼女は、この近くの家で食堂の手伝いをしている母親と祖父、叔父家族とともに住んでいる。

羽水もよく知っている子なので、道で足を止めた。

「兎花」

「ねえねえ、今、山の上のお寺に、皇帝様が来ていらっしゃるんでしょっ？」

黒い大きな瞳をキラキラと輝かせて、羽水の太腿に抱きついてくる。彼女は、羽水の隣で同じように足を止めた陽を皇帝その人だとは気づかず、明るい笑顔で話し続けた。

「私、昨日のお昼、村へ入ってくる皇帝様のすごい行列を見たの。羽水様も見た？　あの金色の馬車に、皇帝様が乗っていたんでしょっ？」

「そうだね、すごかったね……」

「今は皆、お寺や五龍湖へ行けないけど……。でも、一ヶ月して皇帝様の雨乞いの祈禱が終わられたら、また私たちもお参りしに行けるよね？」

無邪気に話す彼女の言葉を、背後の砂工と口燕も立ち止まって聞いていた。

「五柱の龍神様に、お父さんのことをお願いしに行くの。天国で幸せに暮らせますようにって」

「うん……。そうしてあげたら、きっとお父さんも喜ぶよ」

羽水は兎花の目線までしゃがみ込んで、目を見ながらやさしく微笑みかける。

彼女の頭を手のひらでポンポンと撫でるように叩いてから、その場に立ち上がった。

「それじゃ、またね」

兎花だけでなくいつの間にか近くに寄ってきていた子供二人にも手を振り、隣の陽を促す。

「お待たせして失礼いたしました。参りましょう」

再び皆で歩き出すと、羽水はすぐに陽に言った。

「今の子は、兎花といいます。去年、父親を病で亡くして……それから三日に一度は、龍神山の頂《いただき》にある五龍湖へ行って龍神様にお参りしているのです」

龍神山の頂にある五龍湖は、五柱の神龍の住み処であるとともに、天界や人の目には見えない世界へと繋がる道だと思われている。その場所で龍神に祈りを捧げることで、亡くなってから魂《たましい》となったあと、人の魂が集まる場所である天国へ行った自分の父親が、そこで幸せに暮らせるようにしてもらえると、兎花は信じているのだ。

彼女と同じように考えて、大勢の者たちが寺院や五龍湖へ参拝するのだと、羽水は説明した。

「あのような幼さで、父を亡くしたのか。気の毒に……さぞかし心細いだろう」

表情を曇らせた陽に、羽水も神妙に答えた。

「ええ。ですが、母親や祖父、叔父家族といっしょに住んでいて、ちゃんと面倒を見てもらっていますから、寂しさも紛れているようです。以前よりは、表情もずいぶん明るくなりました」

「そうなのか……」

ホッと安堵《あんど》の表情になった陽は、まだ背後の道の先で見送っている子供たちの方を振り返る。

「しかし……俺が滞在しているから、あの子供や村の者たち、そして遠方からの参拝者は寺院や五龍湖へ参ることができないのだな。龍神への参拝は、皆にとっての心の慰めだろうに……」

顔を前へ戻した彼の低く静かな声は、ため息混じりで申し訳なさそうに聞こえた。

「龍神山は水を司《つかさど》る龍神の住み処として、この地方では広く信仰の対象となっている。特に、国のあちこちで日照りの被害が出ている今のような時期には、遠くから雨乞いの祈禱をしてもらいたいと願って来る者も多いだろう……。その者たちが、俺のせいで山に入れず……そのような参拝者たちだけでなく、お前の寺にも不便をかけてしまっているな……」

「あ……いいえ、でも、その点については大丈夫です」

羽水は道を歩きながら首を横に振った。

「確かに、今は皇帝様が滞在されていらして……警備の観点から、龍神山には、寺院と皇城の関係者以外は一歩も足を踏み入れることができません。ですが、その代わり、龍神山の麓にある新堂の建物で、龍神様にお参りができるようにしてあります。遠方から来た方たちからの祈禱の申し込みについても、そちらで対応して行う予定ですので……」

そもそも、通常依頼される祈禱はほとんどが、皇帝の陽が今現在行っているような、古来の手順に従った本格的なものではない。巫子が一人で行うことができて、半刻もあれば儀式を終えられる簡略化された形式のものだ。そちらの方が、時間的にも短くまた費用も格段に安くて済むことから、参拝者たちからは申し込みしやすいと喜ばれている。

普段は山頂の寺院で行うが、皇帝の滞在中に祈禱の依頼があったときには、臨時の対応として羽水を含めた巫子五人が代わる代わる山を降り、新堂で祈禱の文言を唱える予定になっている。

「寺院への参拝者は、大人はもちろん先ほどのような子供たちでも、今回の皇帝様の雨乞いの祈禱がいかに大切な儀式か、よく分かっています」

羽水は隣の陽をしっかりと見上げ、頷きながら歩いた。

「皇帝様が民たちのためにわざわざ都から雨乞いの祈禱をしに来てくださっていることに、心から感謝しています。一ヶ月ほどの間くらい不便でも、喜んで我慢してくれると思います。……ですから、皇帝様はお気に病まないでください」

「そうか……。お前にそう言ってもらえると、いくらか気持ちが救われるな」

穏やかに微笑んだ陽とともに歩き、今日訪問する予定になっている一軒目の民家に着いた。

家人の招きで中に入り、羽水は皇帝の陽や口燕のことを、皇城の関係者で村での治療を見学したいという申し出があったため連れてきたのだと、患者や家の者に説明した。

砂工が背負ってきた荷物を卓台の上に広げ、彼に補助を頼んで治療を行っていく。

風邪をこじらせた子供、山で木を切っていて脚に怪我を負った男性、産後の体調があまり良くない女性、長く肺を病んでいる老人など……四軒の患者の症状は様々だった。

最後に訪れた五軒目は、昨日の朝も訪れた老人のところだ。

激しい咳が止まらなかった彼だが、羽水の咳止めのツボ押しと薬が効いてか、だいぶ楽になったとの話を聞き安心してその家を出た。

いつもは訪問予定が終わると、村の広場で、村人たちの健康相談に乗ったりする。

だが、今日は皇帝の陽がいっしょということもある。すぐに寺院へ帰った方がいいだろうと判断し、薬箱を手に提げた羽水は家の外で陽に頭を下げた。

「こちらで最後です。長らくお付き合いいただき、ありがとうございました」

「いや……俺がついてきたいと言ったのだ、礼など言わなくていい。それにしても、患者たちは皆、お前の訪問をとても喜んでいたな」

陽は感心したように微笑んでいた。

「患者だけでなく、すれ違う村人たちが皆、お前に笑顔で挨拶《あいさつ》していたのが印象的だった。中には手を合わせて拝まんばかりの者もいて……お前は村人たちから、ずいぶんと慕われているな」

「村の人たちは……僕がこの地を守る龍神の子孫だと、信じてくれているので……」

羽水が恐縮してそう言うと、陽は首を横に振る。

「それだけが理由ではないだろう。お前はとてもやさしく患者に接してやり、心からの治療を行っていた。無償の奉仕だというのに……決して金銭のためでも、自分の名誉のためでもなくやっている……。そういったお前の温かく純粋な心を、村の者たちは分かっているに違いない。だからああして、お前を尊敬と親しみの目で見るのだ」

「……」

「今日の治療に同行して、妻にしたいと望んでいるお前が本当にやさしい心根の者だと分かってよかった。俺は今、とてもうれしくて幸せな気持ちだぞ」

目の前に立つ陽からうっとりとした熱い瞳で見つめられて、羽水はドギマギした。

深く美しい紫色の瞳は、まるで濡れているように潤んで見える。そんなふうに熱を湛えた双眸で見つめ続けられると、どうしていいか分からず、どうにも居心地が悪い。

（だ……だから、こんなふうに見つめたりしないで欲しい。こんなふうに口説くようなことをされても、僕が皇帝様を好きになったり結婚したりすることなんて、ありえないと思うから……）

とにかく寺に帰りましょうと声をかけ、羽水は陽を道の先へ促した。

背後に砂工と口燕を連れて、村の中心へ向かって歩き出す。

少し行くと田畑の広がる風景が消え、深い林の中に差しかかった。道の左右に並ぶ高い木立の緑が頭上を覆い、薄暗くて鬱蒼《うっそう》とした雰囲気だ。

もうすぐその林を抜けられるという場所まで来た、そのとき——。

脇の木立から黒い人影のようなものがサッと飛び出してきたかと思うと、突然、ちょうど彼の側を歩いていた羽水が手に提げていた薬箱をつかんだ。

ぐいっと力任せに引っ張られて奪われそうになり、羽水は思わず引っ張り返した。

「っ⁉　なにを……」

「この荷物を離せっ！」

農民風の服装の男はそう怒鳴ったが、羽水は薬箱の持ち手をしっかりと握ったままだった。

男は焦ったように顔を引き攣《つ》らせ、また脅すように叫ぶ。

「離せと言っているだろうっ‼　死にたいのかっ⁉」

そう言うなり薬箱から手を離したかと思うと、腰から長剣を引き抜いた。

そしてそれを両手で持ち、悲鳴のような雄叫びを上げながら大きく振り被って、羽水の頭上に銀色の刀身を振り下ろしてくる。

「っ——⁉」

羽水は目を瞠って立ちすくみ、その場に固まった。

斬り殺される！　と思った次の瞬間、しかし、予想した痛みは襲ってこず——代わりに、隣にいた陽が自分の前にサッと素早く走り出たのが見えた。

「羽水っ！」

彼は目にも留まらぬ速さで腰から引き抜いた剣で、羽水を斬ろうとした男の剣を受け止める。

ガツッ、ガツッ、と金属同士がぶつかる音が二、三度したあと、男が後ろに吹き飛ばされ、道の上に乾いた土を擦るようにしてどっと尻餅をついた。

すぐに起き上がろうとした男だったが、その喉元に陽が剣先をピタリと突きつける。

「っ……こ、皇帝様……？」

陽の広い背中の後ろに庇《かば》われて、彼に助けられたと分かった羽水は、まだ緊張したまま声を発した。陽は男を、冷たく脅すような目で睨《にら》みつける。

「俺の妻となる者に、なにをするのだ」

「うぅ……」

尻餅をついて悔しそうに呻《うめ》く男の頬には陽に斬られた傷がつき、血が一筋流れ落ちていた。

次の瞬間、近くで数人の男の声が上がって、林の中から皇城の兵士が五人ほど走り出てきた。

皇帝の陽を護衛するため、村のあちこちに配置されているという兵士たちだろう。

彼らは皆、手に抜き身の剣を持ち、羽水たちの方へ一目散に駆けてくる。

「皇帝様っ！」

「ご無事ですかっ」

兵士たちが男を取り囲み、左右から腕を持ってその場に引き立たせた。

羽水が落ち着いて見てみると、男は三十歳を少し越えたくらいの年齢だった。知った顔ではないが、痩せていて頰はこけ、着ているものはかなり傷《いた》んでみすぼらしかった。

男に縄を掛け終えたのを確認したあと、陽はすっと自分の剣を腰の鞘に戻した。

口燕が眉間を深く寄せ、兵士たちの前に立つ。

「遅いぞっ！　陽様がご無事だったから、よかったようなものの……」

「はっ……も、申し訳ございませんっ」

「この男を龍神山へ連れていけっ。二人はここに残れ、寺院に着くまで陽様の護衛につくんだ」

「は、はいっ」

一礼をした兵士たちのうち三人が縄を掛けた男を引き立て、その場をあとにした。

辺りが静かになって落ち着くと、砂工が駆け寄ってくる。

「羽水様っ、大丈夫でしたかっ？」

「ああ、うん」

心配そうに眉尻を落としている彼に、羽水は神妙に頷いてから陽の方へ向き直った。

「あの……こ、皇帝様。先ほどは助けていただき、ありがとうございました」

「礼などいい」

陽はそう言い、兵士たちが去っていった道の先から、羽水の方へと視線を戻してくる。

「あの男は、お前を狙ってきたようだが……どうして襲われたか、なにか心当たりはあるか？」

「いえ、なにも……」

羽水が首を横に振ると、口燕が陽に向かって言う。

「貧しい身なりをしていました。風体《ふうてい》から見て、たんなる物盗りの線が濃いでしょう」

「ふむ……」

口を結んだ陽が、腰に当てた手に——その甲に赤い血が見えて、羽水はハッとした。

「あ、皇帝様、血がっ……！」

陽が羽水の視線の先を追い、自分の手についた指半分くらいの長さの切り傷に目を留める。

「ああ、これか……。これくらい平気だ、寺院に着いたら都から同行させた医師に診させよう」

「ダ、ダメです、すぐに手当てしないと！　大事なお身体なのですから……よろしければ、今ここで僕にやらせてくださいっ」

羽水が必死に言うと、陽はいくらか戸惑いながらも受け入れてくれた。

「む……そうか？　それならば、頼もうか」

「は、はい。では、こちらにお座りください」

皇帝に対して無礼に当たるかとも思ったが、道端の大きな石の上に腰を下ろしてもらった。

羽水はすぐに彼の前に膝をつき、手に提げていた薬箱の中から、傷を洗い流すための水と清潔な布、そして傷に効く薬草とそれを手に固定する白布を取り出した。

砂工と口燕が数歩離れた場所から見守る中で、素早く手当てを進めていると、残った兵士二人がボソボソと小声で話す声が漏れ聞こえてきた。

「さっきの男は、本当にバカな奴だ。知らなかったとはいえ、皇帝様の御一行を襲うなんて」

「ああ、きっと死刑だな」

羽水は陽の傷の手当てを終え、薬草を固定する白布を巻いてその端を結びながら言った。

「あの……どうか、先ほどの者に、あまり厳しい罰を与えないでください」

「ん……？」

どういう意味かと瞬きをする陽の目を、羽水はしっかりと見上げて懇願する。

「皇帝様に剣を向けたのは、大変な罪ではありますが……今は国のあちこちで日照りが続き、水不足や作物の不作に、民たちは苦しんでいます。先ほどの者も頬はこけ、憔悴《しょうすい》しているように見えました。もしかしたら、この村に辿り着くまで何日も食べていなかったのかもしれません」

「……」

「元がとても善い人間であっても、飢えに負ければ仕方なくあのようなことをしてしまうこともあるでしょう。ですから……」

「分かっている。あの者への罰については配慮しよう」

陽が温かな眼差しで頷いてくれて、羽水はホッとして布の端を結び終えた。

片膝をついたまま薬箱を片付けていると、陽が手当てをしたことについて礼を言い——そして彼は、羽水をじっと見つめてきた。

「殺されるかもしれないところだったというのに……。自分を害しようとした人間にも慈悲を示せるとは、お前というのは本当にやさしいのだな……あ」

手を上げてそっと羽水の頬に触れた陽は、急になにかに気づいたかのように手を引っ込める。

「……？」

「すまない。お前に触ってはダメだったな……」

「え……？　どういうことでしょう……？」

申し訳なさそうに苦笑する彼の様子に、羽水は恐縮しつつ首を傾げた。

「いや……出発前に、あの砂工という者が言っていただろう？　次期神巫子のお前に、気安く触ったりしてはダメだ、と……」

陽は数歩離れたところに口燕とともに立っている砂工の方へ、チラッと視線を遣る。

「巫子というのは古来、神聖なものだからな。いろいろと……俗世の人間と馴れ合ってはいけないなどという類の決まりが、多くあるのだろう。……昨夜、そのことに思い至らず、求婚のときに庭でお前の手に触れてしまって……あのことも、すまなかったと思っている」

「あ、いえ、違うのです」

羽水は彼の前に膝をついて座ったまま、首を横に振った。

「それは……砂工は、そういう意味で言ったのではなくて……」

「……？」

「龍神山の巫子は、たとえ次期神巫子でも、それほど神聖視された存在ではありません。神巫子の補助を行うだけの人間として、もっと世俗的に考えられているというか……。実際、僕と伊地を除く三人の男巫子は、三年交代で龍神村の人たちが務めてくれています」

神巫子の直系である羽水と伊地という巫子を除くと、今、寺院にいる巫子は三人。

その全てが、十四歳から十九歳くらいまでの村の少年だ。

彼らは奉仕として寺院に寝泊りして暮らし、様々な仕事を手伝ってくれる。その代わり、寺院では文字や計算を勉強する機会を与えたり、薬草や簡単な医療の知識を授けたりする。

羽水と伊地の補助として働く三人の巫子は、休みをもらって龍神村へ帰ることもある。そのときには元の家族と食事をともにしているし、特別に禁欲的な生活を送っているわけでもない。

「そもそも、次期神巫子の僕が誰かと手も触れてもいけないなら、このように村へ下りて診療をすることもできませんから……。ただし、神巫子になると話は違ってきます」

羽水は、昔から伝わる龍神山の巫子の掟《おきて》について、さらに詳しく話した。

「神巫子は、他者と口をきくことは許されていますが、普段、誰とも肌を触れ合わせてはいけません。その規則に反すると神巫子を辞めなければなりません。僕の父も、できるだけ他の人間との接触を避けるために、食事も皆とは別に一人でとっています」

「厳しそうな生活だな……」

真面目な顔で頷いた陽に、羽水も頷き返す。

「ただ……一年に一ヶ月間だけ、神巫子が世俗の人間と肌を触れ合わせても咎められない時期があります。その期間には家族と触れ合うこともできますので、結婚もできます」

「神巫子になっても……結婚、できるのか？」

驚きに目を瞠った陽に、羽水は、はい、ともう一度頷いた。

「僕の父も、僕の亡くなった母と結婚していましたし……」

龍神山の五龍湖に住む五柱の神龍は、一年に一ヶ月間だけ――年末のその期間だけ、人界にある住み処を離れて天界に滞在する。

神龍たちが不在となるその期間だけは、寺院は閉鎖され、羽水の父も神巫子としての身分を解かれる。その一ヶ月間だけは普段は触れない父に抱きついたり、撫でてもらえたりして、思い切り甘えることができたので、羽水は幼い頃はいつも年末になるのを心待ちにしていた。

羽水の父はその一ヶ月間を利用して、母との間に羽水と伊地という二人の息子を設けた。

昔からそうした方法で寺院を継ぐ子孫を作り、龍神山の龍神の血を引くと言われている神巫子の直系の血筋は続いてきたのだと、羽水はできるだけ分かりやすく陽に話した。

「なるほど……言われてみれば、そうだな……」

陽は感心し、いかにも納得したというように大きく頷く。

「お前の父が結婚していなければ、お前のような子は生まれない……。もし神巫子が他者と触れ合うことを完全に禁止されていたら、龍神の血が代々受け継がれることもなかったはずだ」

「はい」

「では、あの砂工という者は、お前に馴れ馴れしい態度を取る俺への嫉妬《しっと》から、あのようなことを言っただけか……」

陽はこちらを睨むように見ている砂工の方へ視線を遣り、軽いため息を吐いた。

「今も、お前に手当てをしてもらっている俺に、なにか言いたそうな顔をしている。おいっ、俺は先ほど、お前の大好きな羽水の命を助けたのだぞっ！　そんなふうに恐ろしい目で睨むな！」

陽は眉を寄せ、苦笑しながら声を張って砂工に言う。

「どうだ、出発前に言ったとおり、武術の心得のある俺がついてきて役に立っただろうっ？」

「うー……」

砂工は反論できずに、唇をギリギリと噛んでいた。

陽はそれまで座っていた石からおもむろに立ち上がり、羽水に微笑みかけてくる。

「とにかく、今はまだお前に触れてもいいと聞いて安心したぞ。それに……たとえ将来『運命の相手』であるお前が神巫子になることがあっても、結婚することは可能だと分かったしな」

「え……で、ですが……」

薬箱を手にして彼に続いて立ち上がった羽水は、ますます自分と結婚する意思を固めてしまったかのような陽の言葉と満足そうな笑顔に焦った。

陽はそんな羽水の反応に構わず、いかにも上機嫌といった様子で口燕の方へ顔を向ける。

「口燕っ、手当ては終わった。そろそろ寺院へ戻るぞ」

「はっ……」

口燕が早足でやってくると、陽は白布が巻かれた右手に触れながら羽水に言う。

「先ほど引き立てられていった男のような者が、これ以上増えないように……日照りの被害を止めるために、早く雨を降らせないとな……。龍神の子孫であるお前も、今行っている祈禱を必ず成功させられるよう、できる限りの協力をしてくれ」

「は、はい……」

信頼を滲《にじ》ませてにこりと親しげに笑った陽に、羽水はしっかりと頷くしかなかった。

翌朝、雨乞いの祈禱と朝食を終えた羽水は、弟の伊地と書庫の本の整理をすることになった。

伊地とは書庫の中で会おうと約束しているため、一人で住居棟を出る。

書庫の建物があるのは住居棟から本堂を挟んだちょうど反対側で、そこまでは屋根のついた渡り廊下で本堂を経由して繫がっている。

本堂へ向かって歩きながら、ぼんやりと昨日のことを思い出していた。

林の中を歩いていたら、突然現れた物盗りの男に剣を頭上へ振り下ろされそうになって——殺される！　と覚悟した瞬間の恐怖が身体に蘇《よみがえ》り、今更ながらにゾッとした。

（昨日の朝、伊地が見た悪い『予知』は……僕が殺されそうになった、昨日のあのことを暗示していたのかな……？　皇帝様に関することじゃなくて、よかったけれど……）

改めて、陽に助けられたことに感謝の念がじわりと湧いてきた。

今朝早くに、羽水は今日も滞在中の案内係として、本堂での雨乞いの祈禱へ向かうために部屋へ彼を呼びに行った。だが、そのときには時間がなく、改めて礼を言うことができなかった。

次に会ったら、もう一度、昨日助けてもらったことについて感謝を伝えておきたい。

（結婚とかそういった話は避けたいけど……でも、改めてお礼は言っておかないと……）

うんうん、と頷きながら書庫への渡り廊下へ差しかかったとき、背後から声がした。

「羽水」

声のした方を振り返ると、本堂の正面の方角から皇帝の陽が廊下を歩いてきた。

昨日村へ出かけたときよりも数倍も高級そうな、絹の光沢が美しい紺色の着物を身につけている。背後に、背の高い二人の男性を連れていた。

側近の口燕と、細身で背中まである長いやわらかな茶色の髪が目立つ、高級文官の怜倬だ。

「どうした、どこへ行く？」

「皇帝様……あ、あの、これから弟の伊地と、書庫の本の整理をする予定で……」

眩しいくらいに朗らかな笑みを浮かべている陽に、羽水はドキリとしながら言う。

黒い冠を被っていなくても充分に皇帝としての威厳を備えている彼の、精悍でありながらも知的で品のある男前の顔を前にすると、どうしても見惚れてドキドキしてしまう。

（変な意味でじゃなくて……皇帝様は、本当に格好よくて素敵だから……）

つい頬が上気してしまったのを見られないように、羽水は急いで頭を下げた。

「あの、皇帝様……昨日は本当にありがとうございました、助けていただいて……。その後、手のお怪我の具合はいかがですか……？」

「ん？　ああ、もう平気だぞ、このとおり」

一瞬、なんのことか分からなかったのか眉を寄せた陽だったが、すぐにまた笑顔に戻って、白布の巻かれている右手を羽水の方へ上げて見せた。

「礼などいいと、あの場でも言っただろう？」

「ですが、もし皇帝様があのとき剣を抜いてくださらなければ、僕は死んでいました。命を助けていただいたので、もう一度こうしてお礼を申し上げたかったのです」

「ふむ……お前はずいぶんと律儀なのだな」

陽はいったん考え込むように口を閉じたが、なにかを思いついたというようにまた口を開く。

「そうだ……もし、お前がそれほどまでに恩義を感じてくれていると言うなら……。今回の俺への礼として、その言葉遣いをやめてくれないか」

「え……言葉遣い、ですか？」

なにか無礼な言葉遣いをしてしまっていただろうか、と焦った羽水に、陽は深く頷いた。

「お前は俺の妻になるのだから、他人行儀なのはつまらない。もっと気軽に話して欲しい。そうだな、友人と話すときのような感じで……」

「っ？」

「できれば俺のことも、皇帝様、などと色気のない呼び方ではなく、陽、と呼び捨てて欲しい」

「とっ、とんでもありませんっ！」

羽水は何度も大きく首を横に振った。

「皇帝様にそんな失礼な言葉遣いをすることも、お名前を呼び捨てにすることも、僕にはとてもできませんっ……」

「恩人の俺の頼みだぞ。それでも聞いてくれないのか？」

「それは……で、でもっ……」

「どうしてもできない、と言うのか？」

陽から詰問《きつもん》口調で迫られて、羽水は皇帝の彼に対してこれ以上『否』と言うのも無礼に当たるかもしれないと思い、最後にはいくらか譲歩せざるを得なかった。

「で、では……皇帝様のお名前を呼び捨てにはできませんが、陽様、とお呼びすることをお許しいただけるなら、そのようにいたします。ただ、言葉遣いはこのままで……」

「む……。ちょっと不満だが、妥協案として受け入れよう」

不満、と口では言いながらも、陽は目尻を下げてすこぶる上機嫌そうだ。

高級文官の怜倬とともにそばに立つ口燕が、主君である陽の態度に『呆れ果てた』という顔になったそのとき――先ほど陽たちが現れた方角から、一人の男性が廊下を歩いてきた。

「羽水殿」

羽水を見つけて近付いてきたのは、頭に灰色の頭巾《ずきん》を被った五十歳くらいの男性だ。

肌の色が浅黒く痩せている彼は、十無《じゅうむ》という名で、寺院で庶務を担当している。

薄い眉が細く、厳しい顔つきに見える十無は、羽水たちの前で立ち止まると、皇帝の陽や口燕、怜倬に向かって深々と一礼をした。

彼は頭を上げ、すぐにまた羽水の方を向く。

「羽水殿……昨夜もお知らせしましたが、今日は午後から、雨乞いの祈禱と健康祈願の予約が二件入っておりますので……。時間になりましたら、山の下の新堂へお向かいください」

「あ、はい。承知しています」

十無が言っているのは、皇帝一行の滞在中、龍神山の麓にある新堂で受け付けている祈禱だ。

予定は昨夜のうちに聞いていたから、羽水は昼食が終わったら新堂へ向かうつもりでいた。

「二件とも遠方からのお客様で、次期神巫子である羽水殿に祈禱をしていただくのを熱望しておられます。寺院への寄付も多くしていただきましたので、失礼のないように……決してお忘れにならないように、よろしくお願いいたします」

十無はその細く鋭い目で、皇帝の陽たちの方をチラッと見る。

「ただでさえ、皇帝様の御一行がご滞在なさっているため、これまでのような数は祈禱の申し込みを受け付けられないでいるのです。これ以上、寺院の収入を減らさないようにせねば……」

「……」

「それでは、またのちほど」

十無がまた陽たちに一礼をしてから去っていくとすぐに、口燕が憤慨《ふんがい》しながら言った。

「なんですか、あの男は。皇帝の陽様に嫌味を言うなど、どういった了見なのでしょうか」

「す、すみませんっ、皇帝様……い、いえ、陽様っ」

羽水はひたすら恐縮し、陽たちに向かって深く頭を下げる。

陽は羽水に顔を上げるように言い、十無の去った廊下の先をじっと見ていた。

「あの者は、確か、この寺の庶務を担当している者だったな」

「は、はい……。三年前から……」

顔を上げた羽水は、十無について詳しく話した。

「元は、西方で絹織物の商売をしていた方らしいのです。三年前、それまで寺院の庶務を担当してくださっていた方が亡くなって……僕たちはそういった方面に疎《うと》くて、明日の食事の心配をしなければならないくらいに上手くいかず、困っていました。ですが、龍神村を通りがかった十無さんが、窮状《きゅうじょう》を聞いて手伝ってもよいと言ってくださって……」

庶務を担当しているもう一人の青年も、十無が連れてきて寺で働くようになった。

「今は、十無さんに、寺院のお金のことは全て任せてあります。そのおかげで、寺院で働いている者たちの食事の心配をしなければならないこともなくなり、十無さんには感謝しています。ただ、その……少し、ああいった遠慮のない人ではあるのですが」

「ふむ……。あの男は、経営や財務については相当なやり手というわけか……」

陽が羽水の話に頷くと、口燕がすかさず口を挟んでくる。

「しかし、我々もタダで押しかけているわけではありません。兵士の滞在にかかる費用はこちら持ちですし、その他にも相当の寄付金を渡してあります。あのように言われるのは心外です」

「口燕、もういい。放っておけ」

「ですが、陽様……」

不満そうに眉間を寄せている口燕が、まだなにか言おうとしたそのとき――。

廊下の格子窓越しに、二人の兵士があわてて山門から境内《けいだい》に走り入ってくるのが見えた。

本堂の方へ真っ直ぐに向かってきた彼らは、怜倬の配下であることを示す紋の入った鉢巻を頭に巻き、バタバタッと尋常ではないくらいの騒がしい足音を立てている。

「あ、あれは……？」

「なにかあったようだな。行ってみよう」

陽に促されて皆で入り口の方へ行って外に出ると、二人の兵士が本堂に着いたところだった。

「あっ、れ、怜倬様っ！」

彼らは怜倬の前で、転がりそうな勢いで素早く片膝をつく。

「大変でございますっ！　余順《よじゅん》に、大火が迫っておりますっ！」

「なに……？」

怜倬の頬がピクリと強張り、兵士二人は必死の形相《ぎょうそう》で訴えかけた。

「近くの村の畑に積んであった干し草から、火が出たらしくっ……」

「すでに近隣の村二つを焼き尽くし、それでも火の勢いは止まらず、余順のすぐそこまで迫っていますっ！　大勢の住民が都市から逃げ出そうとして、都市内は混乱を極めています！」

「どうか、一刻も早く余順にお戻りくださいっ……！」

余順とは、龍神山から歩いて半刻ほどの盆地にある大きな都市で、怜倬の屋敷もそこにある。

代わる代わる状況を説明した兵士二人に、怜倬がギリッと唇を強く噛んでから言う。

「っ……、すぐに余順に戻るぞっ。お前たちもついてこいっ！」

叫ぶように命じるとすぐに、彼は皇帝の陽の方を向いてサッと片膝をついた。

「申し訳ありません、陽様！　しばしの間、余順へ戻るお許しをいただきたくっ……」

「うむ、このまま向かえ。俺もすぐにあとを追う」

怜倬が、え、と声を漏らしながら見上げ、陽は神妙な顔で頷いてみせる。

「ここにいるお前の兵士たちだけでなく、俺の兵士たちも全て連れて……用意ができ次第、俺も応援に向かう。案内役として、その二人の兵士のうちの一人はここに置いていけ」

「で……ですが、陽様が自らおいでになるなど、危険ですっ」

怜倬が驚愕に視線を揺らして制しようとしたが、陽はそれを叱りつけるようにして遮った。

「いいから、お前は一刻も早く都市に帰って状況を把握し、急いで家臣たちと対策を練れ！　俺たちが着いたらすぐに指示を出して動かせるようにしておけっ。現場での総指揮は、この地方のことを熟知しているお前に任せるぞ、いいなっ？」

「は……はいっ、承知いたしましたっ。それでは、失礼いたします！」

怜倬は一度頭を下げてその場に立ち上がり、兵士一人とともに門外の厩舎《きゅうしゃ》へと走っていった。

彼の背中を見ていた陽が、そばに立つ口燕の方を向く。

「口燕、この寺院にいる兵士全員に、これからすぐに余順へ向かう準備をするように命じろ」

「はっ……すぐに手配いたしますっ」

口燕が走り去っていくのを確認したあと、陽は羽水の目を真っ直ぐに見据えた。

「羽水、聞いてのとおりだ、俺はこれから余順へ行く。この龍神村まで火が来ることはないだろうが、村人たちにいちおうの用心をするように知らせた方がいいだろう」

「は、はい……」

「お前も充分に気をつけていろ。では、またなっ」

本堂の奥へ早足で去っていく陽を見送っていると、宿泊棟の方から伊地が近付いてきた。

「兄上、お待たせいたしました。なにかあったのですか……？」

「伊地っ。すぐに知らせをやって、龍神村の人たちに火災に注意するように伝えないとっ！」

羽水は先ほど聞いた、余順の都市周辺で起こった火災の件を、かいつまんで説明した。

今は書庫の整理をしている場合ではない。これから十無の部屋へ行って、できるだけ早く村人たちに知らせを回すようにお願いしてきて欲しい——と、伊地に頼んだ。

「僕はこれから薬草庫に行って、あるだけの薬や医療用具をまとめるからっ！　他の巫子たちにも、薬草庫へ手伝いに来てくれるように言ってきてっ！」

「薬を持って、余順へ行くのですね？」

察しのよい弟に、羽水は、うん、と力強く頷いた。

「危険だから、他の巫子には無理強いはできないけど……」

「私もいっしょに行きます。他の巫子たちも、きっとついてきてくれると思います」

伊地は力強く頷いて、素早く踵を返す。

「では、とにかく私はまず、十無さんのところへ行ってまいりますっ」

「うんっ、頼んだよっ！」

羽水は伊地と別れるとすぐに、薬草庫へ向かって走り出した。

3. 滝壺の夜

頭上から、滝の水が幅広の一筋の流れとなって勢いよく注ぎ落ちてくる。

羽水は夜空を仰ぐようにして顔を上げ、その冷たい水を裸の全身で受け止めた。

首の付け根までを覆う長めのやわらかな薄茶色の髪が、水に濡れてべっとりと白い肌に張りつく。冷たい滝の水は、水色の瞳が印象的なほっそりとした顔から首、胸へと滑り落ちていき、最後には滑らかな腹を伝って、羽水が腰まで浸かっている滝壺の水に混ざり溶けていく。

滝口のある岩壁の高さは人の背丈の五倍、広い滝壺では五十人ほどが同時に身を清められる。

その大きな滝は、龍神山の麓にある。新堂から山の中を河に沿って少し上流へ行ったところにあり、めったに人の姿を見ることもなく、ひっそりとしている。

聞こえるのは滝の水が滝壺へと注ぎ込む音だけという静かなそこで、羽水はよく身を清める。

今夜も夕飯が終わってしばらくしてから、一人で山を下りてやってきた。

(ああ、すごく気持ちいい……)

滝の水を頭から浴びていると、清らかな水の冷たさが身体に染み、この一週間で溜まった疲れがすうっと洗い流されていく気がした。

充分に身を清めたあと、滝の下から退いた羽水は、水の流れ落ちてくる滝口を見上げてみた。

美しい月の浮かぶ夜空を、薄く黒い雲がゆっくりと形を変えて流れていく。

それをぼんやりと仰ぎ見ながら、久しぶりに重圧から解放されて穏やかで落ち着いた気分になった羽水は、ホーッと長い息を吐いた。

(先週の朝、伊地が見た『悪い予知』は……『五龍湖の水面が恐ろしいくらいに荒れて、高く波打っていた』っていう予知は、僕が村で物盗りの男に襲われたことではなくて、今回の余順近辺での大火事が起こることを予見していたんだね……)

今日まで自分がいた、大火災の現場を思い出し――今の自分が置かれている、日常という名の平和な生活のありがたさをしみじみと嚙みしめた。

(とにかく火事が収まってよかった。酷い怪我をした人も、それほどの数は出なくて……。これも皇帝様が……陽様が、あれだけ多数の兵士を向かわせてくださったおかげだ……)

一週間前のあの日、寺院で火災の知らせを受けて――すぐに、陽は余順の都市へ向かった。

『日照りで雨が降らず、空気が乾燥している。これでは火の回りは普段の何倍も速いだろう。少しでも被害が大きくなるのを食い止めるため、急ぐぞっ！』

陽はそう言って、出発の準備のできた五十人の兵士とともに馬で余順へ向かおうとしていた。

そこへ、羽水は薬草庫で薬を集める作業を中断して会いに行った。

自分たちもなにか手伝いたい。きっと火傷を負う人や怪我人が大勢出るだろうから、余順へついていって彼らの手当てをしたい、と申し入れた。

陽は最初戸惑っていたが、羽水がもう一度真剣に訴えると、最後には頷いてくれた。

『決して危ないことはするな。危険を感じたら、皆ですぐに安全な場所へ逃げろ。必ずそうすると約束できるなら、あとから出発する兵士や重臣とともに羽水たちが余順の都市へ向かう許可をくれた。

彼は、羽水は一刻ほどかかって薬や医療用具を袋に詰め込んだ。それを持って、弟の伊地と三人の巫子たちとともに、午後、残りの大勢の兵士たちを連れて寺院を出た重臣に同行させてもらった。

寺には重臣一人が残っただけで、あとの兵士たちは全て余順へ向かった。

余順に着いたとき、先に行っていた陽や怜倬は、高い城壁に囲まれた都市の中から全ての住民や家畜といったものを外へ出し、安全と思われる高台の土地へと移動させているところだった。

羽水とともに到着した兵士たちもそれを助け、真夜中には都市の中には誰もいなくなった。

それから兵士たちのほとんどは、近くの村を焼き尽くし田畑を舐めるようにして余順の都市へと迫ってくる火を消しに向かった。残った三十人ほどは、安全な高台に天幕を張り始めた。

五十個の大きな天幕を全て張り終えると、翌朝になっていた。

その天幕に入れることができたのは、余順の都市の住民のうち、重篤な疾病を抱えた者や、老齢の者、妊婦、乳幼児といった弱く庇護《ひご》が必要と思われる者たちだけだった。

余順の都市の人口は五万を超えるため、全ての住民を天幕に入れることはできなかった。けれど幸いなことに、真夏に向かって夜でも気温は暑く感じるくらいに上がっており、住民たちはその安全な高台の土地で、兵士たちとともに野宿をすることができた。

羽水たち寺院の巫子は天幕のうちの一つを与えられ、そこに寝泊りして昼夜の二交代制で診療を行った。近くの村からも、火事で火傷を負った者、怪我をした者が大勢やってきた。

兵士たちの傷の治療もして大忙しだったが、住民たちへの炊き出しなども手伝った。

結局――火は五日後に、ようやく完全に消すことができた。

消火活動では、皇帝の陽の活躍が大きかった。

総指揮は怜倬に任せていたものの、陽は中心となって消火活動の計画を立てそれを遂行した。

彼は火のやってくる村の方角へ、自らの二千人の兵士と都市にいた怜倬の兵士八百人を向かわせ、できるだけ多くの草を薙《な》ぎ払わせ、木を切り倒すように指示した。

そうして燃えるものをあらかじめ取り除くことによって、乾燥した風に煽られて恐ろしいくらいの速度で突き進んでくる火を、余順の都市の手前でなんとか食い止めようとしたのだ。

その効果は絶大で、すぐにも都市を呑み込みそうだった火は、城壁の前でピタリと止まった。

ただ、一部だけは木の切り倒しが間に合わず、城壁の中へ火の侵入を許してしまった。

それを見た陽は馬に乗ってあちこち駆け回り、現場にいる兵士たちに命じ、全ての兵士を都市の中へ移動させた。都市の住民たちとともに城壁内にあるいくつもの井戸から水を汲《く》み上げ、城壁を越えて燃え広がろうとする火に内側からそれを被せ、皆の力を集結させて火を消し止めた。

その結果――余順の都市は、その十分の一が焼けただけで済んだ。

あとの二日間は、もうどこにも火種が残っていないかを、兵士が総出で近隣の村の方まで調べに行くことに使われた。安全を確認したあと、住民を徐々に都市の中へと戻した。

陽は都市を去る前に、怜倬に、龍神山へは戻らずに都市や村の再建に力を注ぐよう命じた。

そして、今後も、火災で傷を負ったこの地方への援助を続ける約束をしてくれた。

羽水たちが帰る一日前には、陽に呼ばれた大勢の兵士や職人たちが都からやってきた。陽の指示を受けた彼らがこれから近隣の村々や余順の都市に滞在し、焼かれた部分を片付けたあとは再建にも協力してくれるという。数ヶ月間は食糧も他の都市から充分に運ばれてくるとのことで、羽水はそれを聞いて心底安堵した。

火災は不運なことだったが、皆、元の生活に遠からず戻れるだろうと思い、ホッとした。

羽水は自分たちが去ったあと住民が困らないよう、持参した薬を全て置いていくことにした。余順の都市にいる医師たちを探し出し、治療の引き継ぎやあとのことを頼んだ。

そして、火事の発生から一週間経った今日――。

羽水は皇帝の陽や側近の口燕、皇城から陽の護衛として寺院に来て滞在していた二千人ほどの兵士たちとともに、龍神山へと帰ってきたのだった。

(陽様は今回、本当に力を尽くしておられた……)

五十個の天幕の中には皇帝用も用意されていたが、彼はほとんどそこにいなかった。とにかく火を消すことが第一だと言い、ずっと口燕とともに馬で外を回り――危険な火のそばまで近づいて、何度もその勢いを調べに行ったりしていた。外から来た火が余順の都市の一部分に入り込んだときには、自らも桶《おけ》で水を運んで消火に加わった。

皇帝の陽のそんな姿を見て、疲れ切っていた兵士や都市の住民たちも鼓舞《こぶ》され、最後の力を振り絞ることができたのだろうと、羽水は思っている。

もちろん、口燕や重臣、怜倬などは、陽にそういった危険な行動をやめさせようとしていた。

皇帝の陽が一度現地に来てくれただけで充分だし、大事な雨乞いの祈禱の途中でもあるのだから、どうかもう安全な龍神山にお帰りくださいーーと彼らから何度進言されても、果ては懇願されても、陽は決して首を縦に振らなかった。

まだ都の皇城から呼んだ応援も到着しておらず、火の勢いは増すばかりで地域の住民は恐怖に怯えているのに、自分だけ安全な場所へ逃げることはできない。苦しんでいる民をーー弱い立場にある者たちを見殺しにするような真似は、自分にはできないーーと言った。

『国の基礎を成す民を、俺が見捨てたと知ったら……そんな者が何度祈りを捧げて願ったところで、龍神山の龍神は雨を降らせてやろうなどとは思わないだろう』

だから戻っても無駄だ、ときっぱりと言い、逆に怜倬を諭《さと》していた。

『今はとにかく人命が失われることのないよう、一刻も早く火を消すことが最優先だ』

『もったいなきお言葉でございます』

怜倬はその場の地面に両手をつき、頭を下げて陽の靴に額を擦りつけんばかりにして、ありがとうございます、と何度も涙ぐみながら感謝の言葉を口にしていた。

そばで聞いていた羽水も、陽の言葉に、自分の胸が熱く震えるように感じた。

陽がそれほど高潔な固い意志で自身の国の民を救おうとしていると知り、皇帝の立場にある人がここまでしてくれるなんて、と感動したのだ。

（あの皇帝様は……あ、ううん、『陽様』は、民の命と幸せを一番に考えている方なんだな……。ああいう方がこの国を治めてくださっていて、本当によかった……）

陽の美しく澄んだ心に触れられたように感じて、そのときとてもうれしい気持ちになった。

皇帝の陽を尊敬し、一人の人間としてぐっと身近に思えるようになったというか……もっと彼のことを深く知りたいような……また明日も会えるのが楽しみなような、そんな気分だ。

「明日から、雨乞いの祈禱のやり直しがあるし……また朝早く、陽様を起こしに行かないといけない。ふう……そろそろ、寺院へ戻ろうかな……」

滝壺の中に立つ羽水は、ゆっくりと踵を返して岩が並ぶ岸の方を向く。

四週間に及ぶ雨乞いの祈禱は、朝夕の祈禱を一度でも欠かすと最初からやり直しをしなければならないのだ。陽の滞在の日数はもともと一週間の余裕を持って予定されていたが、さらに一週間滞在を伸ばせるように調整すると陽が言っていたので、日程的には問題はないだろう。

腰まである水の中を歩いていき、先ほど滝壺に入る前に着物を脱いでおいた岩のところまで戻る。着物に手を伸ばした、そのとき――。

「羽水……」

すぐそばで男性の声がして、羽水はビクッと全身を緊張させた。

声のした方を素早く見上げると、岩のそばから男性が――陽が岸の方へと歩いてくる。

背が高く、肌の色が濃くてほどよく逞しい全身に、薄い水色の着物をまとっている彼。

黒髪の先が広い肩にかかり、精悍で男らしい顔立ちをしている。

意志の強そうな眉、すっと通った鼻筋、品のある唇。そして、月明かりに照らされた知的な深い紫色の双眸が、吸い込まれそうなほど美しい。

羽水はぼんやりと考え事をして水の中を歩いてきたため、前方の彼に気づいていなかった。

「あ……よ、陽様でしたか……」

この一週間、火事で火傷や怪我をした人を治療するために余順に行っている間に、羽水はだいぶ自然に陽のことを『皇帝様』ではなく『陽様』と呼べるようになっていた。

ホッとして肩から力を抜いた羽水を、岸に立ち止まった陽が見下ろしてくる。

彼にじっと見つめられて、羽水はドギマギした。男同士だし、腰から下は水の中に隠れているが、他人から肌を見られるのは気恥ずかしい。

「ふむ……身体に、鱗《うろこ》はないのだな」

陽はそう言いながら腰に差した立派な剣を外し、そばの岩の上にそれを寝かせた。

「う、鱗……?」

「龍神の血を引くと聞いていたから、もしかしたら、身体のどこかに青い鱗があるかと思ったが……お前の胸や腕には、白く美しい肌しか見えない」

面と向かって『美しい肌』などと言われてますます恥ずかしくなり、羽水の頬に血が上る。

陽からまじまじと見つめられて、顔から火を噴きそうになった。どこかへ消えてしまいたくなったそのとき、陽が岩の上に脱いであった羽水の着物を手にして差し出してくる。

「驚かせてすまなかったな」

羽水が着物をおずおずと両手で受け取ると、彼はにこりと微笑んだ。

「先ほど、寺で身を清めてさっぱりしたいと思ったときに、龍神山の下に滝があると聞いたのを思い出したのだ。それでこっそりと寺院を抜け出して来てみたら、先にお前がいて……」

「え……こんな夜に、まさかお一人でいらしたのですか？」

羽水は着物を手にしたまま、思わずキョロキョロと周りを見回してしまった。

もし怪しい者が来たりしたら大変だ、と焦ったが、陽は笑いながら首を横に振る。

「いや、口燕を連れてきている。近くの木のそばで待っているし、他にも護衛の兵士たちがこの滝壺の周辺に常時配置されているだろう」

「あ、そ、そうですか……。では、安全ですね……」

「まあ、いちおうはな。窮屈でもあるが」

肩をすくめて見せた陽を、羽水は水の中から見上げる。

「ちょっとお待ちください、上がってそちらへ参ります」

「うむ……。俺はまず身を清めるから、ここで待っていてくれるか」

陽はそう言い、着ていた丈の長い上着と下衣をその場で脱ぎ始めた。全裸になるとそれらの着物を近くの岩の上に軽く畳みながら放り投げる。

そして滝壺の中に入り、まだ腰まで水に浸かっている羽水の横を通り過ぎた。

陽は全裸をさらしていても、全く気にしていない様子だ。すれ違うときに、羽水は彼の身体についた美しい筋肉と月光を反射して輝く滑らかな肌に、思わず見惚れてしまった。

まるで、以前、夜中に庭で見た白虎のように野性的でしなやか、そして神々しい姿だった。

（あ……）

羽水は自然と目で彼を追い、陽は滝壺の中を進んで、遠くの岩壁にある滝口の下まで行った。

彼は勢いよく落ちてくる滝の水を浴び、その黒髪や身体を洗う。

しばらく滝壺に肩まで浸かったりしたあと戻ってくると、先に着物を着て岩の上に座っていた羽水の隣に、自分も同じように先ほど脱いでいった着物を身につけて腰を下ろした。

お互いにまだ髪も肌もべっとりと濡れていて、着物は全身に張りついている。

だが、涼しい夜風に吹かれていれば、やがて乾くだろう。

立てた膝を抱えて滝壺の方を向いて座っている羽水は、陽の横顔をチラリと盗み見た。

濡れた髪が張りつく彫りの深い顔に、月明かりで陰影がついている。特に眉の下の目元は睫の落とす影が一段と濃くなっており、その紫色の瞳が強烈な男らしい色気を帯びて見えた。

水に濡れた頬も、精悍でありながらも艶っぽい。

その顔がすっと自分の方を向き、彼に見つめられた羽水の胸は熱くドキリと鳴った。

（陽様は、本当に素敵な方で……男性なのに、こうしてつい見惚れてしまう……）

陽は両脚を前に伸ばし、その膝から下を、座っている岩の端から滝壺の方へ下ろす。

「今夜、ここで偶然お前と会えたのも……もしかしたら、龍神の導きかもしれないな。先ほど寺を出てくるときは、こんなに美しい場所で、お前と二人きりで話ができるとは思わなかった」

「……」

口説くようなことを言う陽に、羽水はどう言葉を返していいか分からなかった。

陽は羽水に近い方の手をすっと上げ、羽水の耳にかかる薄茶色の髪に触れてくる。

「きれいな髪だ……」

穏やかな笑顔でそう言うと、すぐにその手を岩の上へ下ろした。彼は自分の腰の横で岩に両手をついて少し反らした身体を支え、くつろいだ体勢で語りかけてくる。

「ああ……お前の顔をこうして近くから見ていると、ホッと心が安らぐ……」

まるで、羽水とこうしていっしょにいられるだけで満足だ、と言わんばかりに、隣に座る羽水をうっとりと熱く潤んだ瞳で見つめてきた。

「余順では、都市や近隣の住民たちだけでなく、皇城からついてきた俺の兵士たちも、お前や巫子たちに手当てをしてもらえて……とても助かったぞ」

「い、いえ……。なにも、特別なことをしたわけでは……」

「いや、お前がしていたのは特別な治療だったと思う」

陽は羽水の言葉を遮り、きっぱりと言った。

「お前は皆に、傷の痛み具合や怪我を負ったときの様子などをできる限り聞いてやっていて……老人や子供たちには、頼れる家族や知り合いがいっしょにいるのかと、やさしく訊いて確認してやっていた。独りきりで助けが必要な者には、怜倬の配下の世話人を呼んで、その者がその先困ることがないよう、面倒を見てもらえるようにしてやった。おそらく、お前の慈悲深い人柄が皆の心を癒すからだろうが……憔悴した顔で治療に訪れた患者たちが、お前の手当てを受けたあとは、安らいだ顔になって天幕を出ていった。そういう場面を、俺は何度も見た」

陽は自分の言葉に頷きながら言う。

「以前、村での治療についていったときも思ったが……お前には、ただその場にいて言葉を交わすだけで人々を癒す力があるのだな。薬や医術を用いて病や傷を治し、もう一方で、その穏やかな笑顔ややさしい心遣いで、多くの者たちの心も癒し、その傷を治しているのだ」

「そ、そんな……買い被りすぎです」

羽水は膝を抱えたまま、戸惑いながら首を横に振る。

「僕には、なにも特別なことはできません。そんな力はないのです」

陽の饒舌《じょうぜつ》さに引っ張られるように、羽水は次の言葉を繋いでいた。

「たとえ、陽様が今褒めてくださったように……人々の心をわずかながらに癒すことができたとしても、そんなことは病や、命にかかわる怪我の前では無力です。心を癒すことが悪いことだとは思いませんが、それで病や傷が治って人々を『死』から救えるわけではありません」

「……」

「僕には深い医術の知識があるわけでもなく、龍神のようになにものをも超越した神の力があるわけでもありません。そんな無力な僕には、人々を死から救うことはできません。死に至る病気や怪我を治して人々やその家族に『本当の救い』を与えることができません。そのことを……治療していた患者さんが亡くなるたびに、いつも悔しく思っています」

羽水は、黙って話を聞いてくれている陽に、これまで誰にもこんなふうに赤裸々に明かしたことのなかった心の中の葛藤《かっとう》を、いつの間にかスラスラと話していた。

「もし、僕に神の……遠い昔に家系に混ざったという神龍の血に宿る、神の特別な力が受け継がれていたら、患者を死なせずに済んだのに……もっと長く生かすことができたのに、と考えてしまって。そんなときには、弟の伊地のことを少しうらやましく思ってしまいます」

「弟を……？」

「伊地は、僕にはない龍神の力を受け継いでいるようなのです」

羽水は弟の伊地の『予知』能力について、陽に話した。

あまり外部に漏らすべきではないが、陽も皇家の虎の血の秘密について話してくれた。彼にだけだったら、話してもいいだろうと思った。

「お前の弟には、そんな力があるのか……」

「はい」

感心して眉を上げた陽に、羽水は神妙に頷く。

弟の伊地の能力が、本当に『龍神の力』なのかどうかは分からない。だが、人知を超えた神秘的な力の一種であることは間違いがなく、そういった意味で伊地は羽水よりも神に近い。

そのことが時々、羽水はうらやましくてたまらなくなることがあるのだ。

「もしかしたら、伊地は将来、これまで医師や薬でも治せなかった病気を治せるようになるかもしれません。僕はそんな予感がしています」

「……」

「僕は、このように普通の人とは異なる外見をしているせいで、龍神の血を色濃く受け継いでいると思われています。次期神巫子として、生まれたときから特別な存在とされていますが……龍神の力を本当に受け継いでいるのは、むしろ弟の伊地の方なのです」

羽水は自分の額に張りついている薄茶色の髪を、指で頭部の後方へ撫でつけるようにした。

そしてまた、水色の大きな瞳で隣に座る陽の瞳を、じっと真っ直ぐに見つめる。胸に重苦しく詰まっている思いを少しずつ吐き出した。

「陽様は、以前、人ではないものの血を引くという点で、僕と陽様は『同じ』だと言ってくださいましたが……でも、全く同じではありません。陽様は神獣の虎の血を引いている証拠として白虎に変化することができますが、僕は龍の姿になることなどできません。そればかりか、龍神らしい力を、なに一つ持っていません」

「羽水……」

「そのことで、子供の頃から悩んでいました。今まで、誰にも話したことはありませんが……」

白い肌、薄茶色の髪、まるで龍神の住む湖の色を映したかのような水色の瞳――。

自分はこの国の一般的な人間とは少し違った容姿をしているが、能力的にはなにも変わらない。

そのことを、羽水は幼い頃から心苦しく感じてきた。

自分をまるで龍神の化身であるかのように崇《あが》め、手を合わせて拝む人々を見ていると、彼らを騙《だま》しているような気持ちになることもあった。

本当に、自分が次期神巫子でいいのか。『予知』を見る弟の伊地の方が、龍神の力があって次期神巫子として相応しいのではないか。

そんなふうに、心のどこかで常に考えていた――。

それでも次期神巫子として振る舞うことができていたのは、母の死があったからだ。

十年前にわずか七歳で母親を亡くしたあのとき、これからは弟の伊地を守るためにも自分が強くあろうと決めた。だが、それでもやさしい母がいなくなったことは本当に悲しくて、心の拠《よ》り所が欲しかった。そんなときに寺院の本堂で母のために龍神に祈ったら、その祈りが天国の母に届いているように感じられて――母といつも繋がっていて、彼女が天国から自分を見てくれているように思え、気持ちが少しずつ安らぎ、精神的な落ち着きを取り戻していくことができた。

そんな経験から、自分も誰かの『救い』になりたいと思った。

自分を頼り、自分の中の『龍神』に心の拠り所や救いを求める人々がいるなら……彼らから求められるなら、たとえ龍神の力がない自分でも、できる限りその『救い』としての役割を果たしたいと思ったから――だから、これまで次期神巫子として過ごせてきた。

だが、自分にはどうやっても病の人や傷を負った人たちを神のように『本当に救う』ことはできないのだ。多くの人の亡骸《なきがら》を前にして、そのことを改めて思い知ると――彼らを救えない自分が、とてつもなくちっぽけな存在に思えてきてしまう。

ただの偽りで塗り固めた存在――。

自分がなに一つ、この世で意味のあることや幸せなことを生み出せない、なんの価値もない人間のように感じられて、空《むな》しいような気持ちになるのだ。

「僕は時々、自分が村人や寺院を訪れる人たちを騙しているような気がして、辛くなるのです」

こんなことを他人に話すのは初めてだが、羽水はなぜか陽には全て聞いてもらいたいような気がして、唇を噛みながらこれまでの心の内を吐露《とろ》した。

「僕は龍神の力を持たない『偽物』なのに……救いを求める人たちに『本当の救い』など与えられない人間なのに、と思って……」

「……」

陽は羽水の言葉が途切れてからも、ずっと黙っていた。

彼は腰の横で岩の上についていた手を離し、少し後ろに倒していた上半身を真っ直ぐ起こす。

いったん、前方に広がる滝壺へと視線を遣り、月明かりを反射する暗い水面をしばらく眺めたあと――その横顔が、ゆっくりと瞼を閉じた。

「『本当の救い』か……」

低い声で呟くように言った陽が、瞼を開き、隣から羽水の目をしっかりと見つめてくる。

「羽水、この世での『本当の救い』とはなんだ……？」

「え……？」

「神の力を使って、人を死なせないことか？　そうではないだろう？　この世に何千年も生きている人間は一人もいない、生きている者は必ず死ぬのだから」

陽は迷いのない声で一言一言をはっきりと話す。

「そうではなく……死がそうして人にとって避けられないものなら、本人も周りも心安らかにそれを受け入れられるように……そして、患者が心を平安に保って、生きている日々をできるだけ幸せに過ごせるようにしてやることが、『本当の救い』じゃないか？」

「っ……」

「お前は今、それが充分にできている。だから、お前は『偽物』などではない。お前は自分にはなんの力もないと言ったが、きちんと他人の『救い』になっている」

陽の口調には押しつけがましさはなく、羽水をやさしく諭すように言ってくれた。

「この龍神村だけでも、お前の治療や家への訪問、祈禱、そしてお前の存在そのものを心の救いにしている者たちが大勢いる。……お前の姿を見て、お前と話をし、お前を尊敬し、お前に自分の手に触れてもらって……それで心の平安を得ている者がたくさんいるだろう？　人々はお前に守られていると信じて、安心して笑顔で生活している」

「……」

「揺らぎのない深い信頼と安心感を、多くの人々に与えられる――――。そういった能力こそが、お前の中に流れる龍神の血が、お前にだけ与えた『特別な力』なのではないか？」

「あ……」

羽水は心の奥を激しく揺さぶられるように感じ、陽はさらに力強い声で言う。

「お前は自分を卑下《ひげ》する必要は全くない。自分と弟、ましてや神を比べる必要もない。ただ、これまでどおりのことを続けていけばいいのだ。それがお前と多くの者の幸せに繋がる」

「陽様……」

心の中に熱い強風のようなものがブワリと波打つように吹いてきて、これまで長くそこに重石のように沈んでいたなにかを、溶かし散らしてくれたような気がした。

胸の奥の方が、初夏の木の葉が一陣の風に吹かれるように、ザッとざわめいて――。

十日ほど前、この山中で皇帝の陽に出会い、初めて彼の宝石のように美しい深い紫色の瞳を見たときと同じような心の熱い痺れを、羽水は今再び感じていた。

(なんだろう……不思議だ。この方の言葉が、僕の心を温かく満たしてくれて……)

自分の全てを今のままで肯定され、認められたような……。

長い間、答えがどこにも見つからず、答えを探していることすら誰にも言えなかった疑問にはっきりと答えをもらえたような気分で、羽水はこれ以上ないくらいの安心感に包まれていた。

「は、はい……陽様、ありがとう……ございます」

羽水がようやく声を絞り出すようにして言うと、陽はまるでそんなふうに礼を言った羽水の気持ちをなにもかも分かっているとでも言うように無言でゆっくりと頷いてくれた。

「お前は真面目な人間だから、容姿などで周りからの期待が大きかった分、それに応《こた》えようとして、もっと完璧にならなくてはと自分で自分を追い詰めてしまっていたのだろう。そのままで、もうすでに立派なものなのに……今まで、とても苦しかっただろうな」

陽にやさしい声でそう言ってもらい、微笑みかけられると、羽水はなぜか気持ちが一気に緩んだようになり、不意に泣きそうになった。

涙ぐみそうになったのをあわててこらえると、陽がまた言う。

「だが、お前のそういった気持ちも分からないではないのだ……。俺も、虎の血を色濃く引く皇帝ということで、周りの期待が半端ではなかったからな。皇帝になる前やなりたての頃には、あの重圧を押し返すというのは並たいていのことではなかった。つい、判断をあれこれ迷いそうにになったり、自分の皇帝としての在《あ》り方に悩んだりしそうになった」

「そう……だったのですか？　陽様も……？」

「ああ。だが、初志はいついかなるときも揺らがなかったぞ」

陽は少し自慢するように、唇の端を上げて笑う。

「俺はこの国の民を少しでもより幸せにしたいと思って、皇帝になった。その気持ちは、この先
なにがあっても、変わることはないだろう」

「僕も……僕も、そうですっ」

羽水は目の前に仲間を見つけたような気持ちで、思わず陽の言葉に同調して何度も頷いた。

「僕も、次期神巫子となった子供の頃から、龍神村の人たちや寺院を訪ねてきてくれた人に、い
つもできるだけ幸せな気持ちで過ごして欲しいと思って、治療や祈禱を行ってきました」

「そうか……」

「その思いは、これからなにが起こっても変わることはないと思います」

「うむ」

陽は満足そうに頷き、隣に座る羽水の肩に静かにその腕を回してきた。

「では……やはり俺たちは同じだな。人ならざるものの血を引いているだけでなく、そういった
考え方も同じで、とてもよく似ている」

陽は腕に力を込め、されるがままの羽水の身体を自分の方へギュッと抱き寄せる。

「俺とお前なら、自然体で分かり合える。誰よりも理解し合える、そう思わないか？」

「は、はい……」

同じ――。同じで似ている――。

それはつまり、他の人間よりも、陽と自分はお互いの気持ちをより正確に、深く分かり合えるということに繋がるのだろう。

羽水はそう思い、彼に肩を抱かれたままでぼんやりと幸せな気分に浸った。

（不思議だ……。この方と話していると、気持ちがすごく楽になって落ち着く……）

陽の言っていることがすっと心に入り込んでくる。その言葉を聞くたびに、彼から自分を肯定してもらえているように感じて、胸の奥が温かくてうれしいような気持ちで満たされる。

もっと、ずっとそばにいたくなる。

（陽様がここに来たばかりのときに、僕の顔を見ているとホッとすると言ってくださったけれど。もしかしたら、陽様も、僕といっしょにいるとこんな気持ちになるのかな……？）

皇帝の陽と自分が似ている、なんて――。

庶民の自分がそんなふうに思うのは、ずいぶんおこがましいとは思うけれど、少しなら自分たちは同じで似ていると思っていてもいいだろうか。陽と『同じ』だと思うと、温かな安堵感のようなものに包まれて、羽水は心地よくなれる。

（陽様と僕が同じで似ているなんて、なんだかすごく素敵なことに思える……）

うっとりとした甘い気分になった羽水が自然と笑顔になると、陽がそれまで肩に回していた手をすっと離して羽水の顎先を軽くつかんだ。

「羽水……」

彼はそのまま、改まったように間近から見つめてくる。

「お前の水色の瞳は、本当にきれいだな」

「え……」

「この色は、澄み切った湖に似ていると思っていた。だが……違うのだな、これはお前の心の色だ。お前の心が澄んでいるから、瞳がそれを映してとても美しい水色に見えるのだ」

瞼を半伏せにした陽の顔がゆっくり自分の顔に近付いてきて、羽水の胸はドキリと熱く鳴る。

「お前のこの瞳に、俺の姿が映っているだけでうれしい。今、そんな気持ちだ」

「あ……?」

陽のやわらかな唇の感触と熱が、羽水の唇に重なった。

押しつけるようにゆっくりと触れただけで、それはすぐに離れた。

呆然と目を瞠った羽水を見て、陽は男らしい艶を滲ませた笑みを浮かべ——顎先から手を離すと、羽水の方へさらに身体を移動させてきて、ぴったりと寄り添うように隣に座る。

「え……あ、あの……?」

彼は首を横に傾け、その頭を羽水の肩に載せ上げた。

「お前に触れていたい……。少しの間、このままでいてくれ」

「……」

しばらくの間、今なにが起こったか理解できず、身動きすらできずにそのまま座っていた羽水だったが、だんだんと事態が呑み込めてきた。

（い……今、口付けをされた？　く、唇に……？）

はっきりとそう分かったとたん、陽に触れられた唇がジンッと焼けるような熱で痺れたようになった。心臓がドキン、ドキン、と静かに熱く鼓動を速めていく。

羽水は頰を熱くし、抱えていた自分の膝をぐっと胸の方へ引き寄せた。

（なんだか、すごく温かくてやさしい口付けだった……）

陽との口付けがとても自然な行為のように感じられ、彼が自分の肩に頰をつけて安心したようにもたれかかってくれているのがうれしくて——。

岩の上で彼と寄り添って座る羽水は、このまま二人でずっとこうしていたい、と思った。

翌日、羽水は朝食を終えてから午後遅くまで、山の下にある新堂で祈禱を行っていた。

一日で、弟の伊地と二人で、八件もの祈禱をこなさなければならなかった。

昨日、余順の都市から戻ってきたばかりだが——自分たちがこの龍神山にいなかった一週間分の予約を、十無が先延ばしにしてくれていた。普段の祈禱の分に、その分を上乗せしてこなさなければならなかったのだ。

とにかく忙しくて大変で……全ての祈禱を済ませてから、羽水はようやく休憩室で卓台の椅子に座って一息吐くことができた。

「ふう……」

弟の伊地と向かい合って座り、お茶を一口飲んで卓台の上に戻した湯呑みを両手で包む。

湯呑みの中をぼんやりと見つめながら、昨夜の滝壺での陽とのやりとりを思い出した。

『羽水、この世での『本当の救い』とはなんだ……？』

滝壺の岸の岩の上に並んで話したときの、陽の言葉が耳に蘇ってくる。

『揺らぎのない深い信頼と安心感を、多くの人々に与えられる――。そういった能力こそが、お前の中に流れる龍神の血が、お前にだけ与えた『特別な力』なのではないか？』

陽はそう言って、羽水を温かな微笑みで包んでくれた。

『今までとても苦しかっただろう』

『俺たちは同じだな。とてもよく似ている』

その彼の言葉が、昨夜滝壺から帰ってきてからもずっと、羽水の耳に何度も蘇ってくる。

あんなふうに、陽に自分の気持ちを分かってもらえるなんて思わなかった――。

陽と自分は、同じで似ている。

そう思えたことがうれしくて――。生まれつき『特別』と思われて周りからの期待に押し潰されそうになっていた羽水は、他の人には分かってもらえないその気持ちを共有できる人を見つけることができた。そのことで安心できて――陽のことが皇帝としてではなく、一人の人間として、自分にとってとても特別な存在に思えた。

そして、気づけば、昨夜から陽のことばかり考えている。

陽の顔や声を思い出すと、胸が甘く疼くような高揚《こうよう》した気分になり、自然と頬が上気した。

今朝、陽を朝の祈禱のために部屋まで迎えに行ったときも、朝の挨拶をするだけで緊張し、彼を強く意識してしまって、羽水は終始、胸をドキドキと高鳴らせていた。

どうしてそんなふうになってしまうのだろう。

今朝からずっと不思議に思っていたが、もしかしたら……と、今になって思う。

(もしかしたら、僕は陽様を好きになっているのかな……？　だって、こんなふうに陽様のことを考えるだけで胸がドキドキするし、あの口付けも……嫌じゃなかった、と思っているし……)

昨夜、滝壺の岩の上で、陽から突然された口付け。

あのときは驚いたし、今も、皇帝という立場にある人と口付けをしたと考えると、気持ちが混乱しそうになる。だが、男同士でも全く嫌悪感はなかった。彼と唇を重ね合わせたあとには、とても気持ちが温かくなったことを覚えている。

なんでも分かり合える仲間に、肩を抱かれて守られているような安心感があった。

(陽様は、僕の水色の瞳を『お前の心の色なんだな』なんて、褒めてくださって……)

甘く囁くようだった陽の低い声を、またうっとりと思い出した羽水だったが——。

「……に、上？　兄上？」

「えっ？」

羽水はハッとして手元の湯呑みを見つめていた顔を上げ、正面に座る伊地を見る。

「どうされたのですか、ぼんやりとして……。お疲れになりましたか……？」

心配顔で問いかけてくる弟に、あわてて首を横に振った。

「あ、ううん、なんでもないよ……。そろそろ、寺院へ戻ろうか」

伊地を促して、湯呑みなどを洗って片付けてから新堂を出た。

こんなふうに陽のことばかり考えていてはいけない、と自分を諫めつつ、土の前庭へ降りたとき、前方の門から灰色の頭巾を被った十無が入ってくるのが見えた。

「あれは……」

「ああ、羽水殿、ちょうどよかった」

五十歳くらいの、肌が浅黒くて痩せた彼は、立ち止まった羽水と伊地の前まで歩いてくる。

「私は今から、村の外に用事で出かけてまいります。その前に、羽水殿たちにも、参拝料のお話をしておきたいと思いまして……」

「参拝料……？」

「ええ、これから……といっても、皇帝様の御一行がお帰りになられて、寺院と五龍湖への参拝が可能になってから、ということになりますが……。寺院と五龍湖にお参りする者たちから、一人一回につき、五元の参拝料を徴収しようと思っているのです」

「五元っ⁉」

羽水と伊地は同時に驚きの声を上げたが、十無は薄く細い眉をピクリとも動かさなかった。

まるで羽水たちの声が聞こえなかったかのように、厳しい顔つきの彼は一人で話を進める。

「すでに、あなたたちのお父上である神巫子様にもお話しし、了解を得てあります。つきましては私が明日にでも、この新堂の前と村の広場に、参拝料を徴収する旨を知らせる立て札を立てることにいたしますので……お二人にも、その件をご承知おきいただきたいと思いまして……」

「ちょ……ちょっと、待ってくださいっ」

羽水はようやく、十無の言葉を遮ることができた。

参拝料を徴収するなんて、寝耳に水だ。これまで全く相談も受けていない。

確かに寺院の庶務については十無に任せ切りにしているし、これまではそれでなにも問題はなかったが、こんなことを勝手に推《お》し進められては困る。

「お参りに来る人から参拝料を取るなんて……そんなことを、龍神様が望まれているとは思えません。龍神様は、お金のあるなしになんて拘《かかわ》らず、平等に救いを与えたいと思ってくださっているはずです。それなのに、人間である僕たちが……龍神様にお仕えする僕たちが、お金のあるなしで龍神様に参拝できる人を『選別』するなんて、おかしいと思いませんか？」

羽水の脳裏に、亡くなった父親のために毎日のように龍神山の頂にある五龍湖にお参りをしている、五歳の兎花の健気《けなげ》な姿が浮かんだ。

一回五元の参拝料が課されたら、この先彼女はお参りを続けられないだろう。

「それに、一回五元なんて、龍神村の人たちにはとても払えません。村の人たちが心の支えにしている龍神様にお参りできなくなっても、それでもいいと言うのですか……？」

「羽水殿……私としても、このようなことはしたくないのです」

十無は小さなため息を吐きながら言った。

「しかし、仕方がありません。寺院の経営状況は今、とても厳しいので」

「っ……？　そんなに、お寺はお金に困っているのですか……？」

羽水の問いかけに、十無は深刻そうにもう一つため息を吐く。

「私が庶務を担当することになりました三年前には、大変な赤字で……それをなんとか数年で解消し、やってまいりましたが……。昨年から、老朽化した建物のあちこちの修復を始め、その費用がかさんでおります。今回の皇帝様御一行のご滞在に際しましていただきました寄付金を充当しましても、とてもこのままでは生活を続けていくことができなくなっています……。かといって、龍神様をお祀りする建物の傷みをそのまま放置しておくわけにもいきません、その部分から倒壊する恐れもありますから」

十無は反論を許さないきっぱりとした口調で言う。

「それに、羽水殿が週に三日、村で診療をして無償で村人たちに与えている薬や薬草……あれらを取り揃えておくのに、どれほどお金がかかることか。おまけに、羽水殿はその大事な薬や薬草を全て、今回の火事で損害を受けた、余順の都市に置いてこられたとか……。それらを買い直すのに、これからまた莫大《ばくだい》なお金がかかります」

「っ……」

「羽水殿が、もうこれからいっさい村での診療活動をしない、と言ってくださるなら買い直しはいたしませんが……。もちろん、そうは言っていただけないでしょう？　その辺りも考慮なさって、神巫子様も、参拝料のことをご了承くださったのだと思いますよ……？」

「それは……でも……」

十無の言うことはいちいちもっともで、羽水には反論のしようがなかった。

だが、参拝料をこのまま徴収することになるのだけは、なんとしても避けたい。まだ幼い兎花や、大事な人を亡くした者たちが、寺院や五龍湖に参拝して龍神に救いを求めることができなくなるという事態は、羽水にはとても受け入れられそうになかった。

「で、では、今以上に、僕が祈禱の申し込みを受けます」

羽水はとっさに思いつき、決意を込めて、十無にはっきりと言った。

「これまでの二倍でも三倍でも、担当の祈禱を増やしますから。それで、なんとか、皆から参拝料を取らずに済むようにできませんか？」

「羽水殿がですか……？」

十無は戸惑ったような目で、羽水をまじまじと見つめる。

「それはまあ、寺院の次期神巫子様が祈禱をしてくださるというなら、祈禱を申し込んでくる者たちも、祈禱料や寄付金を弾んでくるでしょうし……。羽水殿が担当してくださる祈禱が増えれば増えるだけ、寺院の財務も潤いますが……」

「では、そのようにしてください。お願いしますっ」

十無はしばらくの間、眉を寄せ、顎に手を当てて考え込む仕草をしていた。

頭の中で、その方法で寺院の経営が上手くいくかの勘定を巡らせているのだろう。顎から手を離すと、眉を寄せたままの渋々といった表情ながらも頷く。

「分かりました。それでは、しばらくはそれで様子を見てみることにいたしましょう……」

「っ、よかった、ありがとうございます」

羽水はホッと胸を撫で下ろした。

十無が一礼をして門から出ていくと、伊地が眉尻を落とした心配そうな顔で訊いてくる。

「兄上、大丈夫なのですか？　受け持ちの祈禱を増やすなどと……皇帝様の案内役の仕事もあるのですし、ご無理はなさらないでください」

「大丈夫だよ、伊地」

羽水は彼に向かって、にこりと微笑んで見せた。

伊地を促し、山頂の寺院に戻るために門から外へ出る。

（本当に、陽様のことばかり考えていちゃいけない。これからは、担当する祈禱も増えて忙しくなるんだし、寺院の仕事に集中しないと……）

自分に言い聞かせ、山の坂道を上っていった。

けれど、打ち消そうとすればするほど、陽の男らしく明るい笑顔が頭の中に浮かんできて、羽水の胸は熱く甘ったるい感情でいっぱいになってしまうのだった。

4. 五龍湖と仔虎

自分は陽のことを好きになっているのかもしれない――いや、もう確実に好きになってしまっている気がする――。

そんな想いを抱えながら、羽水《うすい》にとっては大忙しの毎日が、あっという間に過ぎていった。

寺院の仕事に、皇帝の陽《よう》の案内役、村での診療、そして二倍に増えた祈禱《きとう》をこなして。

余順《よじゅん》での火災後、それによって中断された陽の雨乞いの祈禱をもう一度はじめからやり直し、再開からそろそろ二週間が経《た》とうとしている――。

これまでの朝夕の祈禱は本堂の中で行っていたが、これからの二週間は五龍湖《ごりゅうこ》で行われる。

五つの湖の前に造られている祈禱台に上がって、これまで祈禱場で行っていたのと同じように神巫子と巫子五人、そして皇帝の陽の七人で、祈禱の文言《もんごん》を唱えるのだ。

明後日からその五龍湖での祈禱が始まるため、羽水が陽に、事前に五龍湖の祈禱場を見せておくことになった。

昼食が終わってすぐに、羽水は陽とお付きの口燕《こうえん》とともに寺院を出た。

五龍湖は、寺院から平坦な道をしばらく山肌に沿って奥へ歩いていったところにある。

急に視界が開けて――草木がほとんど生えていない、五つの湖以外は砂利の地面に覆われたその場所に着くと、陽が感嘆の声を上げた。

「おお、これが五龍湖か……！」

陽は黒髪を前方からの夏の風になびかせながら、五つの青い湖を見て目を細める。

「なんという美しい色だ。まるで、晴れた青空の色をそのまま写し取ったかのようではないか」

「はい……」

湖の手前で立ち止まった羽水は、自分が褒められたかのようにうれしくなった。

「ここに来て、この五龍湖の美しさに心を奪われない人はいないと思います。この湖には五柱の神龍が住んでいて、それがこの山の『龍神様』なのです」

羽水は『五龍湖』がそう呼ばれることになった由来を、陽に詳しく話した。

目の前に並ぶ美しい空色をした五つの湖は、もともと地上にいた母龍が、天界から人界に降りてきた神龍と恋に落ち、五柱の仔龍を産んだ場所とされている。

仔龍たちが生まれるのと同時に、五つの湖もこの龍神山《りゅうじんさん》の頂《いただき》に出現した。

現在、父親の神龍と、神龍の仔を産んで自らも神龍に格上げされた母親の神龍は、二柱で仲良く天界に住んでいる。仔龍たちは全てこの地上に留まり、五龍湖で人界を『龍神』として守っている。普段は天界と人界を自由に行き来している仔龍たちだが、一年のうち年末の一ヶ月間だけは、天界にいる父母の神龍に会いに行って、そこでずっと過ごす。彼らが龍神山を留守にしているその間――その一ヶ月間だけは、人間の『神巫子』もその任を解かれ、他人と肌を触れ合わせてもいいことになっている。

その昔、羽水の一族は、父親の神龍が母親の神龍と天界に帰るときに、巫子として仔龍たちとともに龍神山に住み、人界を守る役目を託された。同時に、父親の神龍は羽水の祖先に自らの血を分け与え、今は本堂の御神体として祀《まつ》られている大きな水色の水晶石も残していったのだ。

五つの湖が深い底で繋がっているのは、そこに住む神龍たちの兄弟の絆《きずな》を表しているという。

そして――不思議なことに、五つの湖の水はこれまで一度も減ったことがない。

高い山の頂にあるのに、その底から常に水が滾々《こんこん》と湧き出し、美しい透明の水をいつもたっぷりと湛《たた》えている。そのことも、ここが水を司《つかさど》る『龍神』の住み処《か》である証拠とされている。

羽水はそう話したあと、広い山頂をぐるっと見回した。

「この山頂付近は、あまり高い木が育たず、地面も石や砂利ばかりです。緑がとても少ないのですが……だからこそ、周囲の山々を見渡すことができて、素晴らしい景観になっているのです」

「うむ」

「五龍湖の水は、朝、昼、晩、と少しずつ色を変えます。どの色もとても美しいので……それを見たさに、小さな頃はよく一人でここに遊びに来ていました」

「うむ、そうだったのか……」

陽は蕩《とろ》けそうな笑みを浮かべて頷《うなず》く。

「五龍湖の話だけでなく、お前がこの山でどうやって過ごしてきたかという話も聞けて、とてもうれしいぞ。もっと、お前とこの龍神山の話をしてくれ」

「……」

羽水は、自然と自分の頬がほんのりと上気するのを感じた。

すぐ後ろに口燕が立って控えているというのに、陽はなんのてらいもなく愛情を伝えてくる。

彼に今のように甘い眼差《まなざ》しで見つめられると胸がドキドキと高く鳴って……羽水は、改めて自分の陽への気持ちを思い知らされた。

（ああ……やっぱり、僕は陽様のことを……）

この二週間ほどの間、羽水は必死に陽への気持ちを否定し、打ち消そうとしてきた。

だが、気づけば彼のことを考えて、目がその姿を追っていた。

二倍に増えた新堂での祈禱をこなし、仕事に集中して、自分の浮ついた気持ちをなんとか抑え込もうとしていたが、どうしても陽への甘い想いを消し去ることができなかった。

それどころか、この二週間で陽の人柄の素晴らしさに触れることが何度もあり、そのたびにさらに彼を好きになっていくのを感じていた。

「雨乞いの祈禱が終わるまで、あと二週間ほどか……」

陽は前から吹いてくる風を気持ちよさそうに浴びながら、穏やかな五つの湖面を眺める。

「祈禱については、最後までしっかりと務めたいと思ってはいるが……早く終わるといいな。そうすれば、あの兎花《とか》という少女もここに来て龍神に参ることができるようになるだろうから」

「陽様……」

陽の端整な横顔を見つめると、また頰と胸がじわりと熱くなった。

こんなふうに、いつでも庶民のことを思い遣《や》り、心配りをしてくれる。

そんな陽の皇帝らしからぬ温かく深みのある人柄が、羽水は好きでたまらなくて——ここのところずっと、彼に恋い焦《こ》がれるような想いを抱いている。

（これはもう認めるしかないんだろうな。好きになっている、って……）

気持ちをずっと隠しているのが、苦しいけれど……。でも、皇帝の彼と、将来この龍神山の神巫子となる自分に、未来があるとは思えないから、仕方がない。

たとえ、以前陽が言っていたように、身分違いも男同士ということも許されるとしても、自分は将来神巫子としてずっとこの龍神山で暮らしていかねばならない。

神巫子となることは生まれたときから決められていたし、自分もそれを望んでいる。

寺院や龍神を心の拠《よ》り所にしている人たちのために生きていくことに、一生を捧げる覚悟をしている。それ以外の生き方をしたいと思ったことは、これまでに一度もない。

だから――いずれは、都で暮らす陽とは離れ離れになる運命なのだ。

いくら好きだと思っても……たとえ一時的にはお互いの想いが通じ合ったとしても、恋を成《じょう》就《じゅ》させ二人で未来を築いていくことなどできるはずもない。

だったら、彼への想いは胸に秘めていよう、と決めている。

普段、陽と接するときも、なるべく好意に溢《あふ》れた態度を取らないようにして、自分の想いが彼に伝わることのないようにしなければ、と気をつけてはいるのだが……。

（陽様に初めてお会いした頃は……素敵な方だとは思ったけど、恋とかいう意味で好きになるはずはないと思っていた。こんなふうになるはずじゃなかったのにな……）

どうせ報われない想いと決まっているのなら、陽のことを好きでもなんでもなくなれたらいいのに。いっそ、惹《ひ》かれて恋する気持ちが自分の中からなくなってしまえばいいのに――。

そんな切なく重苦しい気持ちで胸をいっぱいにさせ、羽水は陽の横顔を見ていた。

「あ……？」

不意に、髪を乱してザッと吹き抜けた強風の冷たさで、ハッと我に返った。

急に、頭上に灰色の暗い雲が流れてきて、太陽と晴れた青空を覆い隠した。辺りが一気に暗くなったと思った瞬間、曇り空にピカッと鋭い光が瞬く。

青紫色のそれに一呼吸ほど遅れて、ドドーンッと大音が響き、大地がグラグラッと揺れた。

羽水は、ビクッと肩を縮める。

「あ……か、雷ですっ！　危ないですから、どこかへ避難をっ……」

隣に立っている陽にそう言って促している途中で、またピカッと青紫色の光が瞬き、五龍湖の周りの山々も全てが包まれた。

次の瞬間、またドドーンッ、と雷が落ちて大地が揺らぎ――。

恐ろしさで息が止まりそうになった羽水は、思わず陽の広い胸に飛びついていた。

「うわっ、うわぁぁっ！」

「っ……！」

陽が後ろにヨロけかけたが、彼は砂利の地面に足を踏ん張って、羽水をしっかりと抱き返す。

「大丈夫か、羽水っ……」

「す、すみませんっ！　雷だけは、子供の頃からどうしても苦手でっ……！」

羽水は、皇帝の陽に対してこんな失礼なことを、と思いつつも、ガクガクと立っていられないほど身体が震えて、彼に抱きつくのをやめられなかった。

「あっ、またっ……！」

雷は空を割りそうな大音量で鳴り続けており、足元の大地は今にも割れて崩れ落ちそうだ。

必死に抱きついている羽水の耳に、冷静な口燕の声が聞こえた。

「陽様……ここは周りに高い建物などもなく、危険です。どこかへ移動しなければ……」

「うむ、そうだな」

陽たちの会話を聞き、羽水は陽の胸に顔を埋めたまま叫ぶように言った。

「ち、近くに、洞窟があります！　ここへ来た道の方にっ……！　そこならっ……」

「洞窟？　ああ、あれか……？」

陽は山道の方を振り返り、すぐに羽水が言った洞窟を見つけたようだった。

「では……口燕、俺たちはとりあえずあそこに避難しよう。山のあちこちに散らばっている護衛の者たちも、安全な場所に避難してくれるといいが……」

羽水は陽に抱かれてぴったりと引っ付いたまま、彼と口燕とともに洞窟の方へ向かった。

洞窟は山の岩壁に二つ並んで空いていて、高さも幅も人の背丈の一・五倍ほどしかない。どちらも五人ほど入ったらいっぱいになりそうな、奥行きのあまりないものだ。

入り口の前に着くと、陽が、自分と羽水は口燕とは別の洞窟に入る、と言い出した。

「この山は兵士たちで何重にも警備されているだろう？　お前がいっしょでなくても大丈夫だ」

「ですが……」

口燕は渋ったが、最後にはため息を吐いて陽に従った。

「もうお好きになさってください。その者と、そんなに二人きりになりたいのですか……」

「うむ。羽水に抱きつかれてこんなにいい思いができる機会は、めったにないからな」

堂々と頷く陽に呆《あき》れてため息を吐いた口燕が、左側の洞窟へ入っていく。

羽水は陽に身体を抱えられたまま、右側の洞窟に入った。

薄暗い洞窟の中の地面に、岩壁にもたれて陽と並んで腰を下ろす。彼といっしょに静かに座っていると、だんだんと心に余裕が生まれてきた。

「お前はよほど、雷が嫌いなのだな……」

まだ外では雷が次から次へと鳴り響いている中、陽がやさしい声で言う。

「嫌いというか、苦手なのです。怖くて……」

羽水は身体を小さく縮めたまま、ようやく少しだけ出るようになった声で答えた。

「小さな頃からそうで、どうしても克服できません」

「そうなのか……。龍神の子孫なら、雷などはむしろ得意な方に思えるが……。いや、しかし、俺はまたお前の新たな一面を知ることができて、うれしい気分だ」

陽は蕩けそうに微笑み、わずかに明るく見える洞窟の入り口の方を見つめる。

「しかし、これだけ雷が鳴っているというのに、雨は降ってこないのだな。不思議なものだ……」

「山の頂上では、このような天候のことも多いです」

羽水は雷の音以外にはなにも聞こえない洞窟の中で、静かに話した。

「不思議といえば……この龍神村ではどれだけ雨が降らなくても、河や滝の水が涸れることはないのです。その水のおかげで人々が渇くことも、農作物が立ち枯れすることも、昔から一度もありませんでした。貧しいながらも、村人は苦しむことなく暮らしてこられて……だから、ここが龍神の加護を受けている村だと言い伝えられるようになったのだとも言われています」

「うむ……この村を見て回ると、本当に、水が豊かなことに驚かされる」

陽は羽水の言葉に、力強く頷いてくれた。

「以前、お前と夜中に会った麓《ふもと》の滝も、滝壺に清らかな水をたっぷりと湛えていて……月光に照らされ、言葉にできないほど美しかった」

「実は……あの滝は、この五龍湖に住む神龍たちの父母が、出会った場所だったのです」

羽水は気持ちにかなりの余裕が出てきて、頷きながら話す。

「天界から降りてきた父親である神龍が、あの滝で休んでいた地上の母龍を見初《みそ》め、恋をして結ばれ……そして、五柱の龍の仔が生まれました」

「おお、では、祀られてこそいないものの、あの滝はとても特別な場所だったのだな」

陽は感心したように言ったあと、熱く潤んだ目でじっと羽水の顔を見つめてきた。

「あの滝壺で見たお前は、滝の水に濡れていて……とてもきれいだった。俺は、今の話で聞いた父龍がその昔、母龍を見初めたときと同じように、あのときあの滝で、龍神の血を引くお前に改めて恋をしてしまったのだな」

「っ……」

すぐ隣に座る陽は、うっとりとして甘い言葉を口にする。

彼の顔と熱い息の近さに、羽水の胸はドキドキと熱く速鳴った。

(あ……こ、こんなに近くで見つめられたら……)

陽の手がすっと上がって羽水の肩に回り、彼はそうして羽水の身体を抱き寄せる。

顔を近付けてきた陽の、熱く濡れているような深い紫色の瞳が、羽水の瞳に触れそうなほど迫り――羽水は彼の美しい瞳の中に、身体ごと吸い込まれてしまいそうだった。

「お前というのは、本当に……きれいで美しい」

洞窟の外では雷が今も大音で途切れなく鳴っているはずなのに、羽水の耳にはもう、陽の甘い声しか聞こえなくなる。

「そ、そんな……僕は、きれい……なんてことは、ないと思います」

上から覗《のぞ》き込むように瞳を見つめられて、彼の黒い睫《まつげ》の長さにドキドキした。

「陽様の方が、よほど……」

「お前はきれいなのだ、そして愛しい……。こうして触れたくなる……」

陽の唇の熱が、羽水の唇にそっと被《かぶ》さった。

やわらかな感触がじわりと唇の温度を伝えてきて、なにか濡れた平らなものが羽水の唇を上下に割る。舌先だ、と気づいたときには、それがぐっと口の中に押し込められていた。歯の間に侵入した舌は、羽水の舌の根本を探るように奥まで入ってくる。

「ぁ……う、ん」

唇を塞がれている羽水は息もできず、陽にされるがままだった。

舌が羽水の舌を搦《から》め捕《と》り、愛しむように強く吸う。彼は舌で口内の粘膜も舐め上げて、羽水の唇を自分の唇で甘噛みし、まるで羽水を昂《たかぶ》らせようとしているかのような愛撫をする。

陽が顔を傾けて口付けの角度を変えると、二人の唾液が混ざり、ぴちゃ、と濡れた音が立った。

ゾクゾクッと脇腹に甘い寒気のような震えが走り、羽水は地面の上で身じろぐ。

初めて知る他人の舌の感触、口から喉にかけてが痺れて頭がクラクラするような快感――。

座っているのに身体の軸が定まらず、倒れるような目眩《めまい》を感じた。

どうにか陽の口での愛撫から逃れようと背中を反らしたが、肩をつかんでいる陽の手に引き戻されて、また陽の舌でやわらかく熱い口内を丁寧にそして激しく蹂躙《じゅうりん》される。

(あ……こ、こんな……僕と陽様はこんなことをしたら、ダメなのにっ……。陽様とこんなことをしたら、僕はっ……)

陽への想いを抑え切れなくなる――。

口の中が痺れてきたとき、陽が唇を軽く離してくれて、苦しかった息を吸えた。

たまに息継ぎをするたびに、やわらかな弾力のある唇同士が離れて――ぴちゃっ、と水を弾くような唾液の恥ずかしい音が立った。だが、生まれて初めての濃厚な口付けにただひたすら焦っている羽水には、そんなものを気にしている余裕などない。

「んん、んっ……」

陽と唇を合わせているうちに、羽水はだんだんと頭がぼんやりしてきた。

全身が熱くなり、甘い痺れと震えで身体の中がいっぱいになって……手足から力が抜け、思考能力が奪われていくのを感じた。皇帝の陽とこんなことをするなんてダメだ……と思っていたはずなのに、そんなこともう一切、考えられなくなる。

ズキンッ、と中心を痛いような快感が貫き、そこがジクジクと熱く痺れてきた。

陽の舌で愛撫されているのは唇と口の中なのに、下半身がズクンズクンと血脈を打ち始め、そこから手足の先まで、全ての神経を蕩かすような熱く刺激的な快感が広がっていく。

(あ、なにこれ、どうしよう……? すごく気持ちよくて、拒めない……)

ふわふわした甘い気分で口付けを受け続けていると、陽の手が下へ向かって、羽水の脚の間にある中心に触れた。

「あ……」

羽水はビクッと身体を縮め、陽の唇がふっと唇から離れる。

トロリと熱で潤んだような陽の紫色の瞳が、羽水の瞳を間近から覗き込んできた。

「羽水……お前の身体は、熱くなっているな」

熱っぽい吐息とともに、下衣の上からギュッと雄を握る。その大きな手の感触から自分の雄の昂りと硬さを知り、羽水は全身を強張らせた。

(こ、こんな……? でも、だって……大好きな陽様に、口付けなんてされたからっ……)

羽水は快感でぼんやりとしている頭を、弱々しく左右に振る。

「やっ……よ、陽様、そこに触れないでくださいっ……」

「なぜだ？　こうすると、気持ちいいだろう？」

何度か手のひらで軽く撫でたあと、あろうことか下衣の中に手を入れてくる。

陽の温かな手が、岩壁にもたれて座る自分の屹立した雄に触れて……。お互いの肌同士が擦れ合う生々しい感触に、羽水は甘い悲鳴を上げそうになった。

「っ……！」

「今の口付けでこうなったのだろう？　俺がこうしたのだから、最後まで責任を取らせてくれ」

「あ、あっ……？」

陽の手がゆっくりと上下に動き始め、敏感に昂っていた羽水の雄はすぐにそれに反応した。

内側でドクドクと強く脈打っている雄がさらに硬く張り詰め、先端の割れ目から粘ついた体液が溢れ出す。それはあっという間に陽の手のひらを濡らし、彼の手が羽水の雄を扱《しご》くたびに、くちゃ、くちゃ、と淫猥《いんわい》な音を脚の間で立てた。

さらに羽水の全身が熱くなり、着物の下の肌に汗が浮いた。

高みへ上らせようとして速まる陽の手の動きに翻弄《ほんろう》されて、息も熱く、荒く弾んでくる。

「ふぁ、あ……んぅっ」

下腹部に溜まった、熱を持ったなにかが今にも弾けそうで、身を硬くして必死にこらえた。

「羽水よ、お前はとても美しい」

陽は片手でいっそう速く、そして激しく羽水の雄を扱きながら、羽水の目元や頬にせわしなく口付けを繰り返した。

「外見だけでなく、心もとても清らかで……。その美しさを、俺に守らせてくれないか？　俺の妻になって欲しいのだ、羽水っ……！」

「よ、陽様……ぁ、あぁっ」

陽の熱い吐息が耳に触れると、身体中の熱と神経が、一気に下腹部に集まってくる気がした。雄には硬い筋が浮き、陽の手から与えられる甘い刺激を貪欲に欲しがっている。

「あ、はあ、は――はっ……」

こらえようとしても息が上がり、放出をこのまま我慢していると窒息しそうだ。

頭の中が白い光でいっぱいになってくる。

大きな波が、身体の内側を舐めるように何度も何度も押し寄せて――羽水は抗《あらが》いようのない力で快感の高みへと押し上げられた。

「んんっ、んっ……！」

陽の手の動きが放出を予期したようにまた速まり、羽水はイヤイヤと幼子のように首を振る。

「ん、ダ、ダメっ、ダメっ、あっ――！」

掠れた甘い声で叫んだその瞬間、ビクッと腰を震わせるのと同時に雄を弾かせた。

「あ――！」

「――」

迸《ほとばし》らせた精液で陽の手のひらを汚し、はあ、はあ、と身体を貫いた心地よい解放感に浸りながら呼吸を整えているうちに、陽の手がするっと雄を離して下衣の中から出てきた。

彼は濡れたそれを、自分の口の前まで持っていく。

「羽水……」

陽は手のひらについた羽水の白い体液を、うっとりとした目で見ながらペロリと舐め取った。

それを見た羽水は、衝撃のあまり息が止まりそうになる。

（う、うそっ……！　皇帝の陽様が、こんなことをなさるなんてっ……！）

何度も羽水のものを舐め取って手のひらをきれいにした陽は、また羽水の肩を抱いた。

「羽水、お前を心から愛しく思っている」

顔を寄せて、愛しくてたまらないといった眼差しで見つめてくる。

「頼むから、早く……俺のことを好きで結婚する、と言ってくれ……」

「陽様……」

愛しい、という陽の言葉が、心にすっと心地よく溶け込んでいく。

肩を抱かれて頬をつけた陽の胸は温かく、羽水はうっとりした甘い気分で満たされたが——

同時に、切なさで胸がズキズキと鈍く痛んだ。

（でも……僕と陽様では、ダメなのですから……。ずっと龍神山と都で離れて暮らさなければならないのですから……どう考えても、結婚なんてできるはずがありません。だから……こんなふうに僕の恋心を搔き乱すようなことを、お願いだからしないでください……）

不意に零《こぼ》れそうになった熱い涙を、さりげなく目を閉じてこらえた。

翌日の朝食後、羽水は薬箱を手にして自室を出た。

今日は龍神村へ診療に出かける日で、弟の伊地《いち》と砂工《さく》も同行することになっている。

（なんだろう、ちょっと身体がフラフラするかも……）

朝から、たまに身体がフラつくように感じていた。

少し熱っぽい気もしたが、これくらい大したことはないだろう。

自分の診療や薬を待っている村人たちがいるのだし、と思い、待ち合わせの時間にはまだ早かったが、二人との待ち合わせ場所である山門の方へ向かった。

本堂への渡り廊下を一人で歩いていると、前方から陽と口燕が歩いてきた。

「ああ、羽水。お前を呼びに行くところだったのだ」

陽ににこりと微笑みかけられて、羽水はドキリと胸を鳴らして歩みを止める。

「あ、よ、陽様……」

彼らの格好は皇帝やその側近といった上等で華々しい雰囲気ではなく、剣こそ腰に差しているもののかなり庶民的で、地方の裕福な商家の子息風といったところだ。

陽はいつも、週に三日、なにか特別な用事のないときには、羽水の村での診療についてくる。

今日もいっしょに行くのだろうかと思っていると、目の前で立ち止まった陽が言う。

「これから村での診療だろう？　俺もついていくが……出発前に、ちょっと俺の部屋に来てもらえないか？　お前に会わせたい者たちがいるのだ」

「え……で、でも……」

「なに、時間はそれほど取らせない。顔を見て、挨拶《あいさつ》程度で構わないから……」

「は、はい……それでは……」

陽に半ば強引に促されて、羽水は彼とともに本堂へ向かった。

歩きながら、並んで歩いている陽の横顔をチラッと盗み見るように見上げる。

今朝早く、雨乞いの祈禱のために部屋に呼びに行ったときも、そうだったが――陽はこれまでの日々と変わらず、今日も上機嫌に微笑んでいる。

その笑顔を見て、羽水の胸の奥深いところがズキンと鈍く痛んだ。

(昨日、あんなことがあったのに、陽様の態度はいつもと変わっていない。でも、僕は……)

昨日の午後、五龍湖の洞窟の中で、陽から濃厚な口付けをされ、雄に触れられた。

羽水は生まれて初めて、他人の手の中に射精をするなどという体験をして――そのときの記憶があまりに衝撃的で生々しかったせいで、昨夜は一晩中寝返りばかり打ってあまりよく眠れなかった。今も、陽の顔をまともに見られない気分だ。

だが、自分にとっては一大事件だったあの行為も、陽にはそれほどでもなかったのだろうか。

そう思うと、自分の恋心と陽の自分に対する気持ちが上手く嚙み合っていないように感じられて、急に悲しくなって――でも、そもそもその陽への恋心は持っていてはいけないものなのだからと思うと、気持ちが一気に混乱してくる。

(あ……ダメだ、また陽様のことばかり、こんなふうに考えて……。もう、陽様のことは考えないようにしようって、決めたはずなのに……)

羽水は歩きながら軽く頭を振り、自分の中の切なさを振り切った。

本堂の最奥にある陽の自室の前には、鎧《よろい》を身につけた警備の兵士が二人立っていた。

口燕を部屋の外に残し、皇帝の陽のために特別にしつらえられた、最高級の家具が並ぶ豪華な部屋に入ると、突き当たりの格子窓の前に一人の男性が立っていた。

五十代くらいの彼は、身体つきがよく短い黒髪で、厳しい顔つきでこちらを見ている。

彼の胸に、なにかふわふわとした白いものが抱えられていて……陽とともに近付いていって彼の前に立った羽水は、その白いものが大きな猫のような動物であることが分かった。

「あっ……?」

その白い猫のような生き物は、とても愛らしい顔をしている。

額が広くて丸っこい顔立ち。大きなくりくりの瞳に、ちょんとついた黒い鼻。

左右に伸びた白い髭《ひげ》や、薄くて丸い耳など、黒い縦縞模様の入った全身のどこを見ても可愛らしい。きっちりとした三頭身のその動物は、目の前に立つ男性の腕に、短くて太い二本の前脚を載せ上げ、すっぽりと彼の胸の中に収まっていた。

(これは……もしかして、白虎？　虎の子供なの……？　ええっ……？)

どうして白虎の子供がここにいるのか。そして、それを抱いているこの男性は誰なのだろう。

羽水が答えを求めるように隣に立った陽の顔を見上げると、彼は自慢そうに微笑んだ。

「この仔虎は、俺の弟だ」

陽は手を伸ばし、男性の胸に抱かれている白虎の子供の頭をやさしく撫でる。

「俺の一番下の弟で『夢々《むむ》』という。十三人兄弟の末っ子で、二歳になる」

「あ……じゃあ、以前、陽様が話してくださった、弟妹様のお一人ですか……？」

陽がこの龍神山に来たばかりの頃に、羽水は彼から『虎の血』について聞いた。

虎の血を色濃く受け継ぐ陽の兄弟は皆、虎の姿に変化することができる、とのことだった。

話には聞いていたが、実際に目にすると、改めてその神秘に感心した。

（そういえば、よく見ると、瞳が陽様と同じきれいな紫色だ……。本当に白虎の姿をしておられるんだ……しかも、どこもかしこも丸っこくてすごく可愛いっ……）

思わずじっと見つめた羽水を、陽が仔虎に紹介してくれた。

「夢々、この者は羽水だ」

彼は弟の仔虎を見つめ、言い聞かせるように言う。

「この寺院で、この兄がとても世話になっている相手だぞ」

「きゅ……？」

白い仔虎は不思議そうに首を傾げたあと、太く短い前脚を羽水の方へ伸ばしてきた。

戸惑う羽水に、陽がもう少し前に出て近寄るように言い、そのとおりにしてみる。すると、仔虎はうれしそうに顔を輝かせ、一生懸命に男性の胸から身を乗り出してきた。

「きゅ、きゅっ……！」

仔虎は甘い声で鳴きながら、羽水の着物の胸を爪の出ていない前脚でポスポスと叩いた。

「っ……！」

くりくりの丸い瞳で見上げられた羽水は、その可愛らしさに内心で悶絶《もんぜつ》した。

（うわぁーっ、可愛いーっ……！）

抱いている男性の胸から奪い取って、自分の胸にギュッと抱きしめたくなったが、必死にその衝動をこらえて頭を下げる。

「あ、あの……これからよろしくお願いします、夢々様」

「きゅう！」

可愛らしく鳴いた仔虎に満足そうに目を細めた陽が、さらに紹介を続けた。

「それで、こちらの者は囲方《いほう》という」

彼が視線を向けたのは、仔虎を抱いている男性だ。五十代くらいの彼は相変わらず眉を寄せた厳しい顔つきを崩さず、じっと羽水を見つめていた。

「囲方は、昔から俺の父の側近として働いてくれていて……俺の兄弟は皆、子供の頃から囲方に世話になっているのだ。今も父の側近兼仔虎たちの世話係をしていて、忙しいのだが……どうしてもお前に会わせたくて、皇城から来てもらった」

「え、まさか……僕に会うためだけに、わざわざ都からいらしたのですか？」

しかも前皇帝の側近という、皇城でも高い身分にあるだろう人が——？　と羽水は信じられない思いだったが、陽は楽しそうに頷く。

「そうなのだ。二人とも昨夜遅く着いたばかりで、今朝は夢々が早く起きられなかった。つい先ほど起きたから、すぐにお前に会わせたくて、こうして村へ行く前に部屋に来てもらった」

「そ、そうなのですか。でも、どうして僕に会いに……？」

突然のことでわけが分からず問うと、陽は苦笑を混ぜて笑った。

「実は、俺が結婚するには、この囲方の許可を得なければならないのだ。幼い仔虎の頃に、とても可愛がってくれていた囲方に、つい『お前が認めた相手以外とは結婚しないようにする』と約束してしまって……。それで、お前に会ってもらいたかったのだ」

「え……ええっ？」

「いや、実は、子供の頃の戯《ざ》れ言《ごと》と思って忘れてくれたかと思っていたのだが、囲方はきっちり覚えていて……。二十歳を越えた頃から、顔を合わせるたびに、結婚したい相手ができたらまず自分に会わせるように、と言われていたのだ……」

過去にそんな約束をした子供の頃の自分を恥じるかのように、陽は照れくさそうに笑う。

「もちろん、万が一、囲方に反対されたからといって、お前を妻にするのを諦めるつもりはないが……できれば、囲方にも祝福して欲しい」

「陽様……この者が、話しておられた『羽水』ですか……？」

白い小さな仔虎を胸に抱いた囲方が、羽水を間近からジロジロと見下ろしてきた。

陽は羽水の肩を深く抱き、うっとりと熱い瞳で見つめてくる。

「そうだ。とても美しいだろう？」

「水色の瞳ですか……」

「そうなのだ、まるで澄んだ湖のようにきれいな色だと思わないか？　この色は、龍神の血を引く証《あかし》で、とても特別なものなのだ。それに、羽水の肌は雪のように白いだろう？　明るい茶色の髪も、俺は大好きなのだ、やわらかくて滑らかで……」

「陽様、自慢したいのは分かりましたから、少し黙っていてください」

囲方は陽の言葉をぴしゃりと遮り、ビクビクしている羽水を観察するように頭から足先まで眺め続けた。その後、深く息を吐きながら、ふむ、と低い声を漏らす。

「まあ、これならば……」

「そうだろう？　やはり、羽水は最高に美しいだろう？」

パッと顔を輝かせた陽を、囲方は冷ややかな目でチラリと見た。

「『最高に美しい』とまで形容すると、言いすぎかと思いますが……まあ、これならば……『美しい』という表現の範疇《はんちゅう》に収まる容姿かと思います」

囲方は羽水を『これ』呼ばわりして、うんうん、と頷く。

「この者と結婚すれば、生まれてくる仔虎にも期待できます。きっとあなたのお父上にも、ご結婚に賛成していただけるでしょう」

「む……俺の父上は、お前とは違う。俺と羽水の間に可愛い仔虎が生まれるかどうかなどということには関係なく、結婚を祝福してくださるはずだ」

陽が囲方に反論するように言ったが、囲方は強い口調できっぱりと言い返した。

「いいえ、ダメです。ご結婚なさるなら、可愛い仔虎が生まれる相手となさるというのがなにより大事な条件です。私に可愛らしい仔虎を見せてくださらないのならば、私はこのご結婚に賛成いたしません、なんとしても阻止いたしますよ」

「囲方……お前は、相変わらず異常なほどの仔虎好きだな」

「なんとでも言ってください」

羽水の肩を抱いたまま深く肩を落とした陽に、囲方は厳しい表情のまま言う。

「なんにせよ、陽様の美的感覚がまともでよかったです。お父上のとても『まとも』とは呼べないズレた美的感覚がご子息の陽様にも遺伝するのではないかと、秘かに恐れておりましたので」

「その言い方は、俺の母上に失礼だぞ」

陽は羽水の肩から手を離し、気を取り直したかのように羽水に微笑みかけてきた。

「とにかく、囲方のお墨付きをもらえたのなら安心だ。あとは、お前から結婚の了承をもらうだけになったな……これで、お前との結婚にまた一歩近付いた」

「……」

呆然《ぼうぜん》と二人のやりとりを聞いていた羽水は、完全に置いてけぼりにされた気分だった。

どうやら、囲方から結婚を許された一番の理由は、陽と羽水の間に『可愛らしい仔虎が生まれそうだから』というものらしい。だが、そもそも男同士で仔虎など生まれないだろう。

(もしかしたら、囲方様は、僕のことを女性だと思っている……？)

だったら、とにかくその誤解を解かないと、と思って羽水は焦っているのに、陽はすこぶる上機嫌で、羽水にニコニコと微笑みかけてくる。

「囲方と夢々はしばらく寺院に滞在させてもらう。空いた怜倬《れいたく》の部屋を使うから、よろしくな」

陽はそう言って、視線で先ほど入ってきた扉の方を指した。

「では、羽水、戻って診療へ出かけよう。砂工とお前の弟が、門前で待っているだろうし……」

「あ、は、はい……」

「囲方、夢々、またあとでな」

陽が軽く手を上げると、仔虎が、きゅっ、と鳴いて返事をし、囲方も軽く一礼をする。

陽は羽水が薬箱を持っていない方の手を強引に引いて、そのまま扉の方へ歩き出そうとした。

だが、すぐにピタリと足を止める。

「ん……？」

彼は握っている羽水の手を、改めてギュッと力を込めて握った。

「お前、身体が熱くないか……？　ちょっと、熱を測らせろ」

「え？　あ、あの……」

陽が羽水の手から離した自分の手を、羽水の額に当てようとしたそのとき――――。

羽水の視界が歪《ゆが》んでグラリと回り――えっ？　と思ったときには、羽水はフワッと地面から足の裏が浮くようにして、直立姿勢のまま後方に倒れていった。

手から滑り落ちた薬箱が、ガシャガシャーン、と床に音を立てる。

「っ——危ないっ！」

陽が腰を抱いて支えてくれ、羽水はなんとか倒れずに済んで——。

陽は、いつの間にか全く力が入らなくなっている羽水の身体を片方の手で支えながら、もう一方の手を羽水の額にピタリと当て、目を大きく瞠《みは》る。

「すごい熱じゃないか……！　囲方、すぐに医師を呼んでくれっ……！」

陽は両手で羽水を横抱きにして持ち上げ、どこかへ運ぼうと歩き出してくれて——。

羽水はそこで、ふっと意識を失くしてしまった。

もう一度意識を取り戻したのは、自室の寝台の上でだった。

最初、見慣れた部屋の天井が目に飛び込んできて——寝台に寝かされていた羽水はわけが分からず身を起こそうとしたが、そばの椅子に座っていた陽に制された。

「まだ起きてはダメだ、羽水」

静かなやさしい声で言った陽の手でやんわりと胸を押されて、羽水は仰向けに寝かせられた。

戸惑いの目で陽を見上げると、彼が心配そうに顔を覗き込んでくる。

「気分はどうだ？　少し前に医師が調合した薬を飲んだが、覚えているか……？」

「い、いえ……」

首を横に振った羽水に、陽はこれまでのことを説明してくれた。

陽の部屋で囲方と仔虎に対面したあと、羽水は高熱のために倒れて——陽が抱いて、この住居棟にある羽水の自室の寝台まで、運んできてくれたという。

陽は皇城から連れてきた医師を呼び、羽水のために薬も調合させてくれた。

そして、羽水は記憶にないのだが――朦朧《もうろう》としている羽水の上半身を、陽は伊地と砂工とともに寝台の上で支えて起こし、その薬を水とともに飲ませてくれた。

薬が効いて羽水の状態が落ち着いてきたので、医師はすでに下がらせた。

陽が、自分が羽水のそばにずっとついているから安心するように、と言ったところ、伊地と砂工もあとを陽に任せて、龍神村での診療に出かけていった、とのことだった。

陽の話から、羽水は意識を失くしている間の出来事をぼんやりと知ることができた。

「お前の弟の伊地は、砂工とともに、お前が担当している患者も診《み》てきてくれるそうだ。二人とも、お前のことをとても心配していたぞ」

寝台に寄せた椅子に座る陽が、穏やかに微笑みかけてくる。

「医師が言うには、重度の過労で急に高熱が出たそうだ。少なくとも三日ほどは安静にして、調合した薬を一日三回飲むように、とのことだった」

「そうですか……」

「薬はまとめてそこに置いた。忘れずに飲むのだぞ」

陽が視線で指したそばの卓台の上に、大きめの紙袋が見えた。まだ熱が下がり切っていないのかぼんやりとした頭で、羽水は小さく頷く。

「いろいろとありがとうございました、陽様……。御迷惑をおかけして、すみませんでした」

「なぜ謝る？　こうなったのも、俺のせいだろう……？」

陽が切なそうにその男らしい眉を寄せ、羽水の額にかかる薄茶色のやわらかな髪を、その指でそっと労《いたわ》るように掻き上げた。

「俺がこの寺に滞在し始めたことで、お前の仕事が普段よりもかなり増えた。お前は通常の寺の仕事の他に、俺の案内役などもしなければならず……それで疲れが溜まり、今回のように倒れるような事態になってしまったのだろう……？」

「え……？　あ……いいえ、違います」

羽水は、薬が効いているはずだがまだどこかダルく感じる身体で、首をゆるゆると横に振る。

「確かにここのところ忙しかったのですが、それは陽様のせいではありません」

「……？」

「実は……この二週間ほど、僕が引き受ける新堂での祈禱の数を、今までの二倍に増やしていたのです。それで疲れが溜まってしまったのかと……。決して、陽様のせいではありません」

「祈禱の数を、今までの二倍に……？」

羽水の予想どおり、陽は信じられないというように目を瞠った。

「どうしてそんなことをしたんだ？　巫子のうち、数を増やしたのはお前だけか……？」

「はい、その……いろいろと事情があって……」

羽水は、二週間前の余順での火災のあと、十無《じゅうむ》から参拝料について話があったことを話した。

寺院の財務状況が火の車のため、どうしても参拝料の徴収が必要だと言われて――。

しかし、羽水は、これから自分が引き受ける祈禱の数をもっと増やせば、参拝者から一回五元もの参拝料を徴収せずに済むのではないかと考え、十無にその方法での対処を提案した。

それで、この二週間、以前の二倍にあたる数の祈禱をこなしていたのだ。

十無からは、そうしてしばらく様子を見ると言われていたが、彼は今のところ参拝料についてはなにも言ってきていない。とすると、おそらくは今の羽水の方法で、参拝料を徴収しなくても寺の財務状況はかなり改善されて、経営も上手くいっているのだろう。

自分にできることで参拝料の徴収を阻止することができて、よかった――。

羽水がそう言うと、陽は呆れたと言わんばかりに長いため息を吐く。

「全く、お前というのは……」

彼は眉を寄せながらも微笑み、上掛けの布団の上に出ている羽水の左手をギュッと握った。

「その『参拝料』というものの件で、お前が自分の利益など全く顧《かえり》みないとてもやさしい者であることが、改めてよく分かった。お前のことを、これまで以上に好きになってしまった……」

「……」

「だが、自分の身体を労ることは忘れないでくれ。さっきのようにいきなり倒れるまでがんばったりしては、心配で俺の命が縮んでしまう」

陽は手を握ったまま額を寄せてきて、寝ている羽水の額にコツンと軽くぶつけてくる。

「お前は俺の大事で愛しい奴なのだ。だから、お前自身もお前を大事にしてくれ」

「よ、陽様……」

お互いの鼻や目も触れ合いそうにまで近付き、陽の体温がじわりと額から染み広がっていく。

あまりの密着ぶりに戸惑い、羽水は自分の頬が熱くなっていくのを感じた。

頭の中がぼんやりとして身体の芯が火照《ほて》っているのが、陽から甘い言葉を囁かれたせいか疲労からくる熱のせいか分からないまま、小さな声で言う。

「は……はい。これからは、あまり疲れを溜めないように気をつけます……。祈禱の数は増やしたままにしますが、伊地や他の巫子たちにも手伝ってもらうようにして、少し調整して、できるだけ無理をしないようにします」

「うむ……頼んだぞ」

陽がゆっくりと額を離して上半身を起こし、目を細めて満足そうに微笑んだ。

「しかし、この寺院の財務状況が本当にそこまで悪化しているなら、俺もなんとか力を貸したいな……。とはいっても、財務を改善する方法として俺が思いつくのは、皇城の優秀な役人を財務担当者としてこの寺院に派遣することくらいだが……」

「あ……いいえ、それには及びません。これは僕たちの寺院の問題で、僕たちで解決しなければならないことだと思いますから……」

羽水はゆるく首を横に振り、上掛けの布団の上でそっと力を込めて陽の手を握り返した。

「陽様のお気持ちだけ、ありがたく受け取らせていただきます」

「羽水……」

陽と微笑み合うと、急にふっと眠気に襲われる。

「あ……薬のせいか、すごく眠くなってきました」

「では、お前が眠りにつくまで俺はここにいよう」

陽は羽水を労るような甘い声音で、熱を込めて囁くように言った。

「お前のそばにいる。いたいんだ——いいだろう？」

「はい……」

陽の心遣いがうれしくて、羽水は素直に頷く。

また陽の手を静かに握り返し、安心した気持ちでそっと瞼を閉じた。

（陽様……陽様はやっぱり、すごくおやさしい……）

皇帝の陽に、本堂から隣の住居棟にあるこの部屋まで抱き上げて運んでもらい……おまけにこうして、寝ているそばについていてもらって……。

迷惑をかけてしまっているけれど、彼がいてくれて心強い。

陽の温もりを感じると、じわじわと胸が熱く潤んだようになってくる。

（ずっと陽様と、こうしていられたらいいのに……）

そんな、ここ龍神山の次期神巫子という立場にある自分にはとうてい叶いそうにない願いを心に抱きながら、羽水はすうっと深い眠りに引き込まれていった。


次の日、陽が羽水の部屋を訪ねてきたのは、昼少し前のことだ。

羽水は朝の雨乞いの祈禱に参加したあと、昨日からずっと部屋に運んでもらっている食事を食べてひと眠りし、ちょうど目覚めて寝台の上に身を起こしたところだった。

「羽水？　入ってもいいか？」

「は、はい……」

陽の声を聞くと気持ちがパッと明るく弾み、どうぞ、と声をかけて促す。

扉を開けて入ってきた陽を、羽水は上掛けの布団を腰から下にふわりと掛け、寝台の頭部に背中でもたれて座ったまま迎えた。

「どうだ、身体の調子は？」

寝台の脇に立った陽は爽やかに微笑みかけてくる。

「今朝の雨乞いの祈禱で、疲れたりしなかったか……？」

「はい、大丈夫です」

医師から三日間の安静を言い渡されている羽水だが、朝夕の祈禱にだけは参加している。

陽から体調を心配されたが――この二週間でようやく半分完了した雨乞いの祈禱が、自分のせいでやり直しになるなどということになるのだけは避けたかった。

今日からは祈禱場所が本堂から五龍湖の方へ移ったが、ありがたいことに、行き帰りは陽が自身の馬車に羽水もいっしょに乗せてくれることになった。そのため、一日に朝夕二回、病身で寺院から少し距離のある五龍湖へ通うこともそれほど苦にはなっていない。

それに、医師の薬と充分な休養が効いたのか、今日は昨日と比べてだいぶ調子がいい。

「うむ……顔色も、昨日よりいいな」

陽は羽水の顔を覗き込むようにしてから、うんうん、と頷く。

「では、少しくらいはいいな？」

「『いい』……とは？　なにがですか……？」

首を傾げた羽水の前で、陽は前合わせになっている自分の着物の衿《えり》を左右に広げた。

「ほら、夢々。もう出てきてもいいぞ」

陽の声に続いてその膨《ふく》らんでいた胸元がモゾモゾと動き、白い仔虎がヒョコッと顔を出した。

「きゅ……？」

丸顔で三頭身の身体を、陽が両手でつかんで引っ張り出す。

彼の広い胸に抱かれたふわふわの小さな仔虎を見て、羽水は思わず笑顔になった。

「あっ、夢々様？」

「きゅーっ！」

仔虎はうれしそうな甘い声で鳴き、羽水の方へ前脚を伸ばしてくる。必死に抱きつこうとする彼の両脇を陽が両手で持ち、羽水の膝の上にそっと下ろした。

「お前と遊びたいと言うので、連れてきてしまったのだ。よかったか？」

「は、はい。もちろんです！」

仔虎は羽水の太腿の上を、太く短い四本の脚でウロウロと歩き回る。羽水の腹に頬をスリスリと擦りつけて甘えてくるので、羽水は彼の頭をよしよしと撫でた。

（うわーっ、か、可愛い〜〜〜っ！）

仔虎を抱き寄せて微笑む羽水を見て、寝台の脇に立つ陽は満足そうに頷く。

「夢々はお前を気に入ったようだな。とても懐いている」

「すごく可愛いです。夢々様は、まるで大きな猫のようですね」

「お前の笑顔を見られてよかった……。実は、もう一つ用意しているものがある。ちょっと待っていてくれるか？」

「え……？」

瞬きをして見上げた羽水に、陽は意味深な笑みを残して部屋を出ていった。

しばらくの間、膝の上で仔虎を抱っこして待っていると、大きな四角い盆を両手で持った陽が戻ってきた。彼はその盆を、羽水の膝の辺りで敷布の上に下ろす。

盆の上には、白いお粥《かゆ》の入った陶器の椀と、焼き魚と青菜炒めの並ぶ白い平皿が載っていた。

「ちょうど昼食の時間だし、お前のために俺が作った。食べてみてくれ」

「よ、陽様が、これを……ですか？」

羽水は目を瞠り、寝台の端に自分の方を向いて静かに腰を下ろした陽へ視線を上げる。

陽は羽水との間に置いた盆を見下ろし、少し照れくさそうに微笑んだ。

「料理など初めてやったが、皇城から連れてきた料理人に教わりながら作ったのだ。この魚も、俺が炭火で焼いたのだぞ」

「陽様……」

皇帝という最高の身分にある方なのに、自分のために料理をしてくれたなんて……。

羽水が信じられない気持ちでいると、陽が視線で促す。

「ほら、羽水……」

「は……はい」

羽水は仔虎の夢々を自分の膝から脇の敷布の上へと持ち上げて移動させたあと、盆の上から小さな木匙《きさじ》を手にし、白粥の入った椀を左手で持った。

粥を木匙で口へ運ぶと、素朴な米の甘さと塩味、そしてやさしい温もりが口内に広がる。

「！　美味しいっ……」

続けて平皿に載っている魚も箸《はし》で食べてみた。そちらも焼き具合がちょうどよく、やわらかくて美味しいと伝えると、陽は安心したように微笑んだ。

「寺院の巫子というのは、そういった肉や魚を食べてはいけないのかとも思ったのだが……」

「いいえ、うちの寺院では大丈夫です。神巫子の父も食べています」

「それならよかった」

陽はその紫色の瞳を蕩けそうに甘く細める。

「いつも別々の場所で食事をしているから、お前が普段どんなものを食べているかも知らない。好物などを贈りたいのに……」

彼は残念そうに言いながら、羽水の目を熱く見つめてきた。

「早く、お前と結婚できるといいな。そうすれば、皇城で毎回いっしょに食事をとれる」

陽はおもむろに、羽水の右手からやさしく箸を奪う。

そして、それを皿の上に置くと、代わりに木匙を持って椀の中の粥をすくった。

「……？」

戸惑う羽水の口元に、その木匙の先を差し出してくる。

「口を開けろ。俺が食べさせてやるから」

「っ……？」

羽水は、まさかと思い、躊躇《ちゅうちょ》していたが——陽の温かく微笑んだ表情から彼が本気なのだと分かり、その言葉に従っておずおずと口を開けた。

口の中に木匙の先をゆっくりと差し込まれて、啜った粥をゴクンと飲み下す。

もう一口、さらにもう一口……とやさしく世話をしてくれる陽を、羽水は照れくささを噛み殺しながら見つめ返して、米の甘い味がする粥を食べていった。

（あ……どうしよう？　すごく、ドキドキする……）

脇にちょこんと前脚を揃えてお座りをしている仔虎に見上げられながら、粥に続けて焼き魚と青菜炒めも箸で口へ運んでもらい、時間をかけて全てを食べ終えた。

食後に飲むことになっている薬まで用意してもらい、水とともに飲ませてもらって——。

空いた皿の載った盆をそばの卓台の上に移動させ、仔虎を自分の膝の上に載せた羽水は、その背中を撫でながら、陽とゆったりとした時間を過ごしていた。

満ち足りた気分に浸り、ふう、と息を吐いたとき、膝の上の仔虎が、ふわ、と欠伸《あくび》をした。

「きゅ……」

小さな声を漏らしたあと、白い仔虎の夢々はくるんと丸くなって眠り始める。まるで笑っているかのように目を閉じてスースーと寝息を立てる彼に、羽水は目を細めた。

「あ、夢々様が眠ってしまいました」

「先ほどここに来る前に、食事を済ませてきたからな。腹もいっぱいだったし、お前の膝の上が気持ちよくて、眠くなったのだろう」

陽は羽水の膝の上で丸まった仔虎の頭を撫で、視線を上げてくる。

「お前も、そろそろ休んだ方がいい。……そうだ、俺が虎の姿になって腹で寝かせてやろう」

「え……お、お腹……ですか？」

二度の瞬きとともに問い返した羽水に、陽は楽しそうに頷いた。

「そうだ。ふかふかでやわらかい虎の腹だ、気持ちいいぞ」

「で、でも……」

虎の腹で眠るというのがどういうものか想像もつかず、戸惑う羽水に向かって、陽は安心させるようににこりと微笑み、すっと寝台の端から立ち上がる。

彼は素早く自分の着物の腰帯を解き、長い上着を広い肩から落として脱ぎ始めた。

「あ……？」

上着に続けて下衣を脱いで全裸になった陽が、長い毛が生えた白虎へと姿を変えて——。

神獣のように美しい白い大きな虎が、のっそりと寝台に前脚をかけ、後ろ脚を力強く蹴って、ヒョイ、とそのしなやかな巨体を寝台の上に載せ上げた。

ギッと寝台が軋《きし》み、白虎は羽水の隣にゆったりとその身を横たえる。

「グルッ……」

やさしい声音で鳴いた白虎が、座っている羽水を前脚で自分の方へ抱き寄せた。

彼の動きに逆らわず身を任せていると、やがて寝台に横向きに寝かされた羽水は、その胸に仔虎の夢々を抱いて、白虎の大きな腹の毛に全身を埋めるようにして前から抱かれた。

頬や肩に触れる虎の腹の、温かくてふにゃふにゃとやわらかな感触――。

その厚みのある布団のような心地よさに、羽水はうっとりと浸った。

(わぁ……これが、虎のお腹なんだ。なんて気持ちいいんだろう……)

陽が変化した白虎は、ゴロゴロゴロゴロ、と盛大に喉を鳴らしながら、羽水の頬に自分の顔をスリスリと擦りつけるようにして甘えてくる。

羽水の胸では、仔虎の夢々が起きて、きゅ、きゅうっ、と気持ちよさそうに鳴いていて……。

心も身体も、まるで天国にいるかのようにフワフワとした幸せに包まれた。

(ああ、気持ちいい……。このまま、お二人と、ずっとこうしていられたらいいのに……)

この温もりと安心を離したくない――。

夢見心地で心からそう思った次の瞬間、しかし、羽水は不意に切なさに襲われた。

(あ……僕、なにを考えているんだろう……。こんなふうに、陽様たちとずっといっしょにいることなんてできるわけがないのに……)

今のこの幸せは、ただ一時《いっとき》のもので、永遠には続かない。

陽はあと二、三週間で雨乞いの祈禱を終えて、都に帰ってしまう。仔虎の夢々もいっしょだ。そして、次期神巫子の自分はこの龍神山でずっと暮らし、いずれは神巫子となる。陽への想いを告げ、彼らについていくことはできないのだ――。

（それに、昨日初めて会った囲方様が『可愛い仔虎が生まれる』と言ったのを聞いて、気づいたけど……男の僕には、陽様の仔虎を産むことができない。陽様は皇帝で、跡継ぎの仔虎が必要なのに。だから、そもそも……男の僕は、陽様のおそばにいるべきじゃないんだよね……？）

結婚して都についていくこともできない。陽の仔虎を産むこともできない。

それなのに――そんな自分に、陽はいろいろとやさしくしてくれて、今も温かく思い遣《や》ってくれていて――そのことが、羽水には切なくてたまらない。

これほどやさしくされたら、陽をこれまで以上に好きになってしまう。

いや、もうすでにどうやっても抑えられないくらい好きになっているのに……その胸を焦《こ》がすような想いを陽に告げることができないのが、もどかしくて辛い。

（陽様――僕は陽様のことを好きになりすぎて、胸が痛くて苦しい、です……！）

羽水はさらに深まった切なさをこらえ、胸の仔虎を強く抱きしめた。

5. 龍の夏祭り

大きな白虎のふかふかの腹で仔虎とともに寝かせてもらってから、五日経ち――。陽が寺院での雨乞いの祈禱を終えるまであと八日、都に帰るまで十五日ほどに迫った。

夏の暑さも盛りとなった今日は、年に一度の龍神村の夏祭りが催《もよお》されることになっている。

日の入り後に始まり、二日後の正午まで三日間続く。

村人たちが中心となって大きな山車《だし》も出し、龍神への様々な奉納舞や踊りなどが行われて、食べ物や民芸品を売る屋台も百軒近く並ぶ、華やかで大規模なものだ。昔から続く歴史のあるものとしてとても有名で、近隣ばかりか遠くの地域からも大勢の参拝を兼ねた見物客が訪れる。

村人たちも一年に一度の娯楽として楽しみにしているその祭りに、羽水は陽とともに出かける約束をしていた。

夕方の雨乞いの祈禱を終えてしばらくしてから、羽水は待ち合わせ場所の寺の門へ向かった。

辺りは夜の闇に覆われていたが、門で燃える大きな篝火《かがりび》の明かりで、いつもより庶民的な着物に身を包んで腰に剣を差している陽が、門の内側に立っているのが見えた。

こちらの姿に気づいたのだろう、彼がパッと顔を輝かせる。

「羽水、こっちだ……！」

盛大に手招きされて、そんなふうにしなくても陽の姿は遠くからでも見えていたのにと思いつつ、羽水は照れくささをこらえて彼の前に立った。

陽のそばには、側近の口燕と、囲方そして彼の胸に抱かれた仔虎の夢々の姿もある。

「おお……今夜のお前は、また格別に美しいな」

陽は、甘く蕩けそうな眼差しで羽水の全身を眺めた。

羽水は先ほど自分の部屋で、龍神を祀る祭りの場に相応《ふさわ》しいよう、いつもより少し上等な白い着物に着替えてきていた。

頭には、紙でできた龍の面を斜めに被り、落ちないようにその面の紐を顎《あご》の下で結んでいる。

その龍の面に、陽はそっと指先で触れてきた。

「これは、龍の面か……?」

「はい……これは、村のお祭りで、昔から被られているものです」

羽水は、手に持っていた大小二つの面を両手で差し出した。

「陽様と夢々様の分も、作ってきました」

「なに、お前が作ってくれたのか? 色使いがとてもきれいだな」

陽は大仰《おおぎょう》に感じるくらいに感嘆し、白や青、赤、緑といった鮮《あざ》やかな色で塗られた二つの龍の面を両手で持って、いろいろな角度から眺める。

そして、子供用の小さな面の方を、囲方の胸に抱かれている仔虎の頭に被せてやった。

「ほら、夢々。お前の面だ」

「きゅっ、きゅっ!」

頭の上に伸ばした前脚の肉球でポンポンとその面に触れた夢々は、うれしそうにはしゃいだ。羽水に向かって、ありがとう、と言っているかのようだ。

「きゅーっ？　きゅっ、きゅ？　きゅうっ？」

白いふわふわの仔虎は、山門の外で待っている馬車の方へと身体を伸ばす。

虎の言葉が分からない羽水にも、早くお祭りに出かけよう！　と言っているのが分かった。

「む……すまない、夢々」

陽は囲方の胸に抱かれている夢々を見て、眉を寄せた難しい顔になる。

「祭りにいっしょに連れていってやりたいのは山々だが、今夜は羽水と二人で過ごしたい」

「きゅっ？」

「龍神の祭りは三日続くことになっている。だから、明日、明後日だったらいいが……」

陽は隣に立つ羽水の方を一度チラリと見て、それからまた仔虎に視線を戻した。

「それに、ほら……。お前を抱いて祭りに連れていきたくて仕方のない男が一人、すぐそばにいるぞ。言うまでもなく囲方のことだが、今夜は囲方といっしょに祭りを見て歩けばいい」

陽は囲方にしっかりと抱かれている仔虎に、にこりと微笑みかける。

「囲方といっしょなら、なんでも買ってもらえるぞ」

「そんなことはいたしませんよ。私は躾《しつけ》には厳しいですからね」

囲方が不満そうに口を結び、陽を睨《にら》んだ。

「陽様は私がお世話させていただいていた幼い頃、その身をもって経験し、よくご存知のはずでしょう？　夢々様と出かけても、お菓子を際限なく買い与えたりなどいたしませ……あっ？」

「きゅーうっ！」

囲方が言い終わるか終わらないかのうちに、仔虎がクルッと振り返ったかと思うと、囲方の方を向いて彼の頬をバシ、バシ、とその前脚の肉球で叩く。

「きゅ！　きゅう！」

「あっ、おやめください、夢々様っ！」

囲方は痛みに顔をしかめているが、その目尻は下がり切って仔虎にメロメロといった様子だ。

「叩かれているときに誤って爪を出されたら、私は死にますよっ？　夢々様には、自分が仔猫などではないことを、きちんと自覚していただきたいものですっ……あ、またっ！」

痛たた、と大げさに声を上げていても、どう見ても、仔虎に『ちゃんとお菓子を買って！』と我《わ》が儘《まま》を言われて叩かれていることを、うれしがっているようにしか見えない。

陽はそんな囲方にため息を吐き、今度は口燕の方へ顔を向ける。

「……ということで、口燕、今夜はお前も遠慮してくれるな？」

「なにが『ということで』なのですか……」

陽と同じくいつもより庶民的な着物を身につけている口燕は、呆れたように肩を落とした。

「しかし、まあ、今夜だけはいいでしょう。陽様たちからは見えないように、距離を保って護衛をさせていただきます。村に散らばって警備をしている兵士たちにも、陽様たちのお邪魔には決してならないように……と、通達を出しておきます」

「それでもお前は近くにいるとは思うが、覗き見はするなよ？」

「しません！　危険を感じたときに大声を出してくだされば、駆けつけることはしますが……」

げんなりと口の端を大きく歪めた口燕に、陽は上機嫌に頷いてみせる。

「うむ、頼んだぞ。では、祭りに出発するとするか」

彼に促されて皆で一台の馬車に乗り、龍神山を下りた。

山の下に建つ新堂を通り過ぎ、村の入り口まで来たところで馬車を降りる。

そこから先は、羽水と陽は、囲方と仔虎の夢々とは全くの別行動となるため、別の護衛の兵士をつけた彼らとはその場で別れた。

「羽水、では、行こう」

にこやかに微笑んだ陽と並んで、羽水は村の中心へと向かう道を歩き出した。

いつの間にか、背後にいたはずの口燕の姿が見えなくなっていた。

邪魔にならないよう一定の距離を保って護衛する、と言ってくれていた口燕は、すぐにその姿を消したらしかった。

村の中心部へ向かうにつれて、木々の枝や家々の軒先に下げられた角灯《かくとう》の数が増えていく。

食べ物や民芸品を売る屋台が百軒ほど並んでいる広場は、特に買い物客で溢れ、人々のやりとりの声も大きく、まるで都市の市場のように賑《にぎ》やかだった。

「おお、すでに結構な人出だな……」

感心して周りを見回す陽とともに、羽水はその広場の中央にある大きな舞台の方へ向かう。

広い大きなその舞台の屋根から、広場の周りを囲む木々の枝まで長い紐が渡されており、そこに緻密《ちみつ》な彫刻を施された無数の角灯が下がっていた。

夏の夜風にゆらゆらと揺れて重なり合う、ぼんやりとした明かり。

今にも闇に溶け消えそうな、幻想的なまでに美しいそれを見上げながらゆっくりと広場の中を歩いていると、自分たちのいる場所が龍神の本来住むべき天界に通じてそこに迷い込んだかのような、神秘的な気分になった。

広場に集まっている者たちの中には、思い思いの色で塗った龍の面で顔を完全に隠している者もいれば、羽水と陽のように頭に上げて斜めに被っている者もいる。

近くの山々にまで反響しそうな、老若男女の騒がしいくらいの話し声、笑い声。どこからか聞こえてくる、龍神へ奉納されているのだろう楽曲の雅《みやび》な調べ――。

皇帝の陽が隣を歩いていることで、羽水は余計に夢の中を歩いているみたいに感じた。

「祭りの明かりというのは、なんともきれいなものだな……」

羽水と同じように頭上の角灯を見上げながら歩いていた陽が、ため息混じりの感嘆を漏らす。

「羽水……」

彼はそっと、身体の脇で羽水の手を握った。

「あ、よ、陽様……?」

「こうして歩こう。いいだろう?」

甘ったるい微笑みに押し切られるようにして、羽水はそのまま手を繋いで歩くことになった。

人混みの中を二人で歩いていると、手に陽の体温が伝わってきてドキドキした。

男同士で恋人のように手を繋いで歩いているところを誰かに見られるかもしれないという恐れの気持ちよりも、自分が陽に触れられていることでこれほど熱くフワフワとした気持ちに包まれていることを陽に知られてしまうかもしれないという恐れの気持ちの方が、よほど強かった。

(手と、胸が熱い……)

胸をドキドキと高鳴らせたまま、羽水は手を振り払えずに歩く。

本当は、こんなふうに甘い時間を過ごすべきではない。

好きだという気持ちを伝えるつもりもなく、陽の求婚に応《こた》えるつもりもなく、彼との近々訪れる別れを覚悟しているのだったら――と。

理性的な自分が心の中でそう諌《いさ》める一方で、本当の自分の気持ちを知る自分が言う。

このまま陽と手を繋いで、彼の温もりを一秒でも長く感じていたい――と。

(今だけ……陽様と、こんなふうに恋人同士みたいに過ごすのは、今夜だけだから。だから……いいよね？　いい……よね？)

今夜だけ、陽と二人きりで楽しい時間を過ごし、それを大切な思い出にする――。

好きだということは、決して彼に告げないから――。

何度も自分にそう言い訳し、心の中に残っていた罪悪感のようなものを振り払って――羽水は自分の想いを解放し、陽とともに『今』を――祭りの夜を楽しむことに集中した。

(今だけ……ぜったいに、今だけだから……！)

ドキドキと高揚した気分で、羽水は陽と手を繋いだまま広場の屋台を見て回った。

海が近いため、外国船によってもたらされるめずらしい硝子細工《ガラスざいく》や装飾品、絵画なども売られている。この地方独特の柄模様が入った着物を見たり、近隣の地域でよく作られている菓子や食べ物が売られているのを見て、その作り方を羽水が説明したり――。

陽への甘い想いを抑えることなく、思い切り笑って――。

手をしっかりと握り合い、お互いの目を真っ直ぐに見つめて話して――。

過去にこれ以上幸せな時間を過ごしたことはないし、これから先もこれほど熱く、うっとりと自分の恋心に酔いしれて喜びを感じる時間を過ごせることはないだろう。そう思えるくらいの、陽との二人きりの楽しい時を過ごした。

一軒の屋台を覗きながら、陽と手を繋いで微笑んで立っていた羽水は、ふと、龍神山から広場へと続く道を、山車が向かってくるのに気づいた。

「あ、山車です……」

五十人ほどの村の男性たちに引かれた大きな山車は、ゆっくりと車輪を回してやってくる。

巨大で生き生きとした五柱の龍の造り物が載せられた山車の周りを、松明《たいまつ》を持った大勢の人々が囲んで歩いている。その無数の赤い火で、山車は闇の中に浮かび上がって見えた。

造り物の龍たちといっしょに、羽水の父親が山車の上に設《もう》けられた台座の上に座っていた。

神巫子である父親は白い着物を身につけ、自らが神龍の血を引く龍の化身であることを示すかのように、その顔を龍の面できっちりと隠している。

山車の姿が見えたのと同時に、広場にいた人たちがわっと歓声を上げそちらへ向かう。

羽水は繋いでいた陽の手を、ぐいと引っ張った。

「陽様、こちらへ。山車を、上からよく見ることのできる場所がありますから……」

「む……そうか」

羽水は広場のそばにある小高い山の方へ陽を促し、二人でそこを登っていく。

その山を少し登ったところに、龍神を祀った小堂が建っている。小堂とはいっても五人ほどが中でお参りできるくらい広く、その小堂の前の空き地からは広場を眼下に見渡せるのだ。

篝火が焚《た》かれている小堂に着くと、入り口の観音扉が開け放たれていた。

祭りに集まった村人や見物客たちは登場したばかりの山車に気を取られているのか、小堂にお参りをする人の姿もなく、その場にいるのは羽水と陽だけだった。

羽水はさっそく小堂の前の空き地に、手を離した陽と並んで立つ。

「おお。ここからは、本当に下の広場がよく見えるな……。山車も上から見ることができる」

「はい」

小堂の前は山の木々が切り倒されて開けており、普段からとても見晴らしがよいのだ。

「あの山車に乗っているのは、お前の父親か……？」

「そうです。龍神といっしょに山車に乗っていいのは、神巫子だけと決まっています」

羽水は、山車に群がって必死に手を伸ばしている人々を見下ろしながら頷く。

「あの山車に触ると、龍神に触れたのと同じくらいのご利益があると信じられています。それで皆があやって、我先にと手を伸ばしているのです」

「なるほど……」

感心したように頷いた陽が、広場を見下ろして感嘆のため息を吐いた。

「しかし、ここから見ると本当に美しい光景だな。まるで、天界の祭りに来たかのようだ」

「……」

陽様の方が祭りや山車などよりよほど美しいです、と羽水は声に出して言いそうになった。

祭りを見ている陽の横顔は彫りが深く、男らしくて精悍《せいかん》で——深みのある紫色の瞳が、高貴な宝石のようで、羽水はついうっとりと見惚れてしまった。

もっと、ずっと見ていたい。これからもそばにいて、彼の体温とその心の熱を感じていたい。

陽の顔を見つめていると、どんどんとそんな気持ちが膨らんできて——羽水は、望んではいけないはずのものを、いつの間にか望んでいる自分に戸惑った。

陽との『ずっと』も『これから』も、決して望まないはずだったのに——。

(あ……どうして？　こんなふうに大好きでたまらない気持ちで陽様を見つめるのは、『今』だけで終わらせるはずだったのに……)

自分でもどうしていいか分からないような気持ちのまま、陽への溢れそうな想いを抱えてその端整な横顔を見つめ続けていると、彼がふと羽水の視線に気づいた。

「……？　どうして、俺を見ている？」

「あっ、す、すみませんっ」

羽水はパッと素早く視線を逸《そ》らし、顔を前へ戻す。

陽にじっと見つめられてドキドキしていると、彼の腕がすっと隣から肩に回った。

「羽水……」

耳元で甘く囁くように名前を呼び、べったりと肩を抱いて顔を寄せてくる。

うっとりと間近から見つめてくる陽に、羽水はドギマギした。

「ご……護衛の方たちに、み、見られますよ？」

今もどこか近くで、皇帝の陽が安全かどうか見ている者がいるはずだ。

「口燕様も、きっと近くに……」

「俺は気にしない。お前も気にするな」

陽は明るく言って、ふっと切なそうにその目を細める。

「お前がいつか神巫子になったら、もうこうして触れることすらできなくなるのだな。一年のうち、特別な年末の一ヶ月間を除いては……」

「……」

「お前を龍神に渡したくないな……お前と別れたくない。今夜のように楽しく幸せな時間を、俺はこれからもお前とともに過ごしたい……」

まるで千年の恋を告白するかのような、深く思い詰めた声で陽は言った。

「お前と結婚できないなら、俺はきっともう一生誰とも結婚しない。都に帰れば、この先ずっと一人で、愛しいお前のいない寂しい日々に耐えなければならなくなるが……それでもいいのだ。

この世で最愛の者はお前だけだという自分の気持ちに、嘘は吐けないからな……」

「よ、陽様……」

肩を抱いて羽水を見つめる陽の眼差しは、切ない胸の痛みを必死にこらえているかのようだ。

羽水の胸までが、ズキリと鈍く痛んだ。

(あ、ぼ、僕は——僕だって、陽様のことをっ——)

自分も離れたくない。陽と同じように思っている。ずっと前から、そう思っている——。

自分でもどうしようもないくらい陽のことを心から好きになっていると——自分への想いを隠すところなく伝えてくれる彼に、そう言いたくてたまらない。

陽を好きだという気持ちは、決して告げないはずだったけれど、でも——。

(やっぱりもうダメだ、抑え切れないっ。こんなに——こんなに陽様のことを好きになっているんだから、この気持ちを伝えたいっ——!)

好きになっていると気づいてからずっと抑え込んできた、陽への想い。それが、羽水の胸の中で溢れるようにぶわっと膨らんで高まり——。

羽水の口から、自然と言葉が飛び出ていた。

「そ、そんなふうに言わないでくださいっ。僕だって、別れたくないのですからっ……」

「羽水……?」

隠し続けてきた気持ちをさらすと、素直になった心が切なさで押し潰されそうになった。

ようやく陽への想いを本当に解放できるのがうれしくて泣きそうになったが、羽水はそれを必死にこらえ、勢いのままに言う。

「僕も、陽様と別れたくないんですっ、ずっといっしょにいたいっ……！　だから、そんなふうにこれから独りで寂しくなるなんて言われると、僕も辛い気持ちになってしまいますっ……」

「……っ？」

陽が息を呑み、自分の耳が信じられないというようにわずかに目を瞠った。

彼はそっと羽水の肩から手を離し、ゆっくりと羽水と向かい合って立つ。

「羽水……今、なんと言ってくれた……？」

陽は、慎重にうかがうように問いかけてきた。

「『別れたくない』とは、どういう……」

「陽様をお慕いしている、という意味です」

羽水は自分の内から溢れ出てくる想いの熱に浮かされるようにして、一気に告白する。

「男性で、しかも皇帝様である陽様のことを恋という気持ちで好きになることなどない、と思っていました。でも、滝壺でお会いしたときに、僕がずっと抱えてきた気持ちをすごくよく分かってくださって、安心できて……陽様のそばでだったら、自分が自分らしく生きていられるような気がしたのです。あのときから、陽様のことを好きになってしまったようでっ……」

「……」

「僕は、将来は寺院の神巫子となるつもりですし……だから、この気持ちは陽様にはお伝えしないつもりでした。でも……でも、今、どうしても想いを抑えられなくなって……。陽様に僕がどれだけお慕いしているかを知っていただきたくなって、それでこうしてっ……！」

自分は龍神山の神巫子になるから都へついていくことはできないとか、皇帝の陽にとってはぜったいに必要だろう跡取りの仔虎を産めないとか。

そんな問題は今、どうでもいいから――。

羽水はただ、なによりも大切な陽への想いを、彼に知って欲しい気持ちでいっぱいだった。

「陽様は、僕の中で誰よりも好きな人になっていて……そばにいるとドキドキして、甘い気持ちになって……。こんなふうに誰かを愛しく思うことなんて、これまでありませんでした」

「羽水……」

「本当に、許されるなら……陽様のおそばにずっといたい。僕は心からそう思っていて……」

想いを告白しているうちに心が震えて昂り、不意に泣きそうになって――。

一瞬、言葉を詰まらせたそのとき、陽に勢いよく前から抱きつかれた。

「羽水っ……！」

「あっ……？」

逞《たくま》しい両腕で力いっぱい抱きしめられて、息が苦しくなる。

陽は羽水の耳元で、叫ぶように言った。

「俺のことを好きになったと言ってくれたなっ？　うれしいぞっ……！」

「よ、陽様……？」

抱きすくめられた広く厚い胸から、陽の体温がじわりと熱く伝わってくる。

二人の気持ちが、今抱き合っている身体のように重なり、ようやく通じ合えたということがうれしくて――。

うっとりと幸福感に包まれた羽水を、陽は顔を離して見つめてきた。

「俺のことを好きだと言ってくれたのは、嘘ではないな？」

「は、はい」

「一生ずっとそばにいたい、と言ってくれたな？」

「えっ、あ、あの、一生、とは……あっ？」

言っていない、と反論しかけた口を、陽の唇で素早く塞がれた。

すぐに唇を割って陽の舌が入ってきて、羽水の舌を搦《から》め捕《と》る。羽水の舌の付け根を吸い、やわらかな口内の粘膜を舐め上げ、息もできないくらいに激しく愛撫して……。

こんなふうに深く激しい口付けをされるのは、五龍湖の洞窟の中でされたときに続けて二度目だが、羽水は全く慣れない。すぐに口の中からトロトロと蕩かされ、頭の中まで甘い快感でいっぱいになった。

ついに想いを伝えたという高揚感も手伝って、ぼんやりとしてきてなにも考えられなくなる。

（あ……こ、これ、すごく気持ちよくて、もう……）

手足からカクンと力が抜け、立っていられずその場に崩れ落ちそうになったとき、陽が、ちゅっと音を立てて唇を離した。

次の瞬間、陽は羽水の身体を横抱きにして自分の胸まで持ち上げる。

抱き上げられている羽水からは、陽の肩越しに、夜空に輝く月と無数の星が見えた。

「羽水……美しくて可愛い、俺の巫子」

陽は羽水を間近から、甘い恋の熱に潤んだ瞳で見つめてくる。

「こうしていると、まるで、天から舞い降りた美しい白色の神龍を、我が腕で抱きとめたかのようだ。羽水……お前のことが愛しくて……欲しくてたまらない」

「よ……陽様？」

陽は羽水を抱いたままその場を離れ、背後に建つ小堂の方へ向かう。

開けっ放しになっていた観音扉を抜けて小堂の中へ入り、龍を象《かたど》った御神体の木彫りが置かれた台座の前で、床に羽水をそっと下ろした。

床に座らされた羽水は、陽が観音開きの扉を閉めて内側から鍵を掛けるのを目で追っていた。

戻ってきた陽が、羽水の前に膝をついて座る。

「不謹慎ではあるが……ここで、お前が欲しい」

「っ……！」

陽がなにを求めているか瞬時に分かり、羽水の頬に一気に血が上った。

「こ、こんなところで……？」

確かに今は密室になっていて、護衛の兵士や口燕から見られることもないだろう。

だが、参拝者が少ないとはいえ、いつ誰がお参りに来るか分からない。内側から鍵が掛かっているから中に入ってくることはできないが、怪しまれることは間違いない。

「嫌か……?」

「い……嫌とか、そういう問題ではなくて……あ」

しどろもどろになった羽水の口を、再び陽の唇がぴったりと塞いだ。

もう一度、喉の奥まで舐め尽くすような口付けをされる。長い愛撫のあと唇を離されたときには、羽水の身体にはいよいよ力が入らなくなっていた。

陽に抱きしめられてその場にゆっくりと押し倒されても、なにも抵抗できない。

されるがままの羽水の反応を、陽は了承と受け取ったようだ。

仰向けに寝かせた羽水の腰の横に座った彼が、羽水の額にかかる薄茶色の髪を撫でる。

ドキドキと胸の鼓動が治まらない羽水の腰の横で、陽が腰帯を解いて着物を脱ぎ始めた。

(ほ……本当に、ここで? 愛し合う行為をするの……?)

彼は丈の長い上着を脱ぐと、羽水の身体に沿わせるようにして床にふわっと広げる。

「床は冷たい。これを……」

羽水は彼の着物の上に移動するように言われて素直に従い、その上に身を横たえた。

上着だけを脱いで下衣は身につけている陽は、男らしい筋肉のついた上半身をさらしていた。

格子窓から射し込んでくる月光と外の篝火の明かりで、濃い色の肌が光って見える。

彼は羽水の胸の両脇に手をつき、身体を重ねて上から見下ろしてきた。黒髪のかかった紫色の瞳が男っぽい艶をまとっていて、羽水の胸はドキリと熱く鳴る。

「羽水、お前は美しい」

感嘆のため息を吐きながら、羽水の腰帯を解いて上着の衿を左右に割る。

そっと、まるで壊れやすい硝子か陶器でできた宝物を包んでいる厚布を開くかのように、陽はゆっくりと慎重に着物を剝《は》がして、羽水の胸から腰を露《あらわ》にさせた。

腕からも着物を抜き、羽水のほっそりとした薄い上半身が陽の目にさらされる。

透けそうに白く滑らかな肌を見下ろした陽が、顔を近付けてきて、薄桃色の二つの突起に唇をつけて吸い上げた。羽水は、あっ、と掠れた声を上げる。

「ぁ、ふ……んんっ」

濡れた熱い舌で、小さな円を描くようにして突起の周りを舐めたり、突起に歯を立てたり。

愛されて慈《いつく》しまれているということは感じるけれど、なにもかもが初めての羽水は愛撫にいちいち反応して声を上げ、胸のドキドキが速まっていく。

「あっ、よ……陽様っ……」

くすぐったさと腰にゾクゾクッと走った快感をこらえ切れず、両手で陽の胸を押し返した。

陽は羽水の手をやんわりと払い退け、再びすぐに薄桃色の突起に舌をつける。そうして唾液に濡れて光る舌で二つの乳首を交互に舐めながら、視線だけを上げて羽水を見上げてきた。

「羽水、お前の肌は滑らかで本当にきれいだ」

乳首に塗りつけられた唾液が、陽の濡れた唇との間に透明の細い糸を引いている。彼の潤んだ紫色の瞳があまりに強烈な色気を帯びていて、羽水の腰にまたゾクゾクッと甘い震えが走った。

「お前のどこもかしこもが美しくて、俺はただお前に夢中になって我を忘れてしまう。……今夜の月はまた格別に美しいが、あの月もお前の美しさには負ける」

「そ、そんな……そんなことは、ない、と思います」

羽水は自然と弾んでしまう息をなんとか整え、ゆるゆると首を横に振る。

「陽様は……初めてお会いしたときから、僕のことを褒めてくださいますが……。月よりも美しいなんていうのは、あまりにも……」

「本当に美しいのだ。だから美しいと言っている」

陽はなんのてらいもなく言い、羽水の乳首を軽く嚙みしだくようにしてから口を離した。

「あ、あぁっ……！」

羽水は悶《もだ》えた声を上げ、広げた着物の上で大きく腰を捻《ね》じった。

くすぐったさと心地よさ、痛みのような快感に貫かれた身体を弛緩《しかん》させていると、陽が少し身を起こし、指先でそっと羽水の目元に触れる。

「この水色の瞳が、初めて会ったときから俺の心を捉えて離さない……。美しく清らかなお前の心の色を映したこの瞳を見ていると、俺の心まで洗われるような気がする……」

「っ……」

「羽水、お前が欲しい。欲しくてたまらないっ」

陽は再び羽水の白い胸に口をつけ、舌と唇で愛撫を始めた。

今度はその手も加わり、細い腰のあちこちを肌の感触を味わうようにじっくりと撫で回す。

次第に陽の口と手が下方へ向かっていく。羽水が、えっ、と焦っているうちに、彼の手は羽水の下衣にかかり、それをズルズルと引き抜くようにして足先から脱がせた。

広げた陽の上着の上にさらされた、羽水の一糸まとわぬ全身――。

それをうっとりと眺めた陽は、羽水の膝を立てさせて脚を左右に割り、その間に座る。

そして中心に顔を埋めて……急に、羽水の雄が熱いやわらかなもので包まれた。

陽に口をつけられたのだ、と気づいた瞬間、羽水はすでに気持ちよさで力の入らなくなっていた腰を浮かせ、なんとか逃れようとした。

「あっ……陽様、そ、そんなところを……?」

舐めるなんて信じられない、と思っているのに、唇を離した陽から、さらりと返ってくる。

「以前にも、ここに触れたことがあるだろう?」

「そ、それは……でも……」

確かに、五龍湖にある洞窟の中で触られたけれど、あのときは手でだった。

雄に口をつけられるなんて、羽水は恥ずかしくて陽の目を見ることすらできない気分だ。

「お前は美しいと言っただろう？　ここも、とてもきれいだ……」

「あぁっ……！」

陽は雄の根本を手でつかみ、軽くペロリと先端に舌をつける。

そのまま口の奥深くまで羽水のものを導き、唇と舌を強く絡めるようにして舐め始めた。

彼の口の中で、自分の雄が硬く芯を持って勃ち上がってくるのが分かる。

先端の割れ目からじわじわと溢れ出した体液が、陽の口内を汚してそこに溜まっていく。

陽は自分の唇で羽水の雄の側面を強く締めつけ、顔を上下させて扱いた。

ゆっくりだったその動きが、次第に大きく激しくなっていき……何度も繰り返されるたび、くちゃ、くちゃっ、と唾液と体液が混ざって淫猥な音を立てた。

(あ……よ、陽様が、僕のあんなところに口をつけておられるなんてっ……)

小堂のすぐ外で燃える篝火のパチパチという木の弾ける音と、遠くで聞こえる祭りのざわめき。

そのどちらもが、自分の荒い息遣いと、下腹部で立つ濡れた音に掻き消されていく。

甘くじんわりと痺れて快感に浸り切っていた下半身が、こらえ切れないような昂りを感じ、それ以上はもう愛撫に耐えられない状態になった。

「や、陽、様っ……」

腰に力を入れて浮かせ、自分の指を口へ持っていきその背を噛んで放出をこらえる。

「おやめください、も、もう……陽様、達してしまいそうですっ。陽様っ……!」

掠れ掠れの声で懇願すると、急に中心がすっと涼しくなった。

絶頂へと押し上げるように与えられていた波が収まり、羽水がホッとしたのも束の間。

上半身を起こした陽に両の足首を持たれて、深く折り曲げさせられた脚をまとめて胸の方へぐいと押された。陽の目に、恥ずかしい双丘の間の谷をさらす格好になって――。

次の瞬間、谷間に口を寄せてきた陽に、窄《すぼ》まりの孔《あな》を舐められてギョッとする。

「よ、陽様っ……!?」

悲鳴に近い声を上げた羽水を、陽が宙に浮いた羽水の脚の間から見下ろしてきた。

「ここを舐めてほぐしておくんだ」

「え、ほ、ほぐす……？」

「男同士の性交ではここを使う。お前と繋がるために、ここの準備をしておかないといけない」

「っ……！」

羽水は息を詰め、視線を揺らす。信じられない、という思いが伝わったのか、陽がふっと羽水を安心させるように微笑み、再び孔の入り口の肉に舌をつけた。

「俺に任せておけばいい。お前はじっとしていろ、羽水……」

「ぁ……？」

あまりに衝撃的すぎて、声すら出なかった。

窄まりの周りをほぐすように、陽の舌と唇がそこを、音を立てて吸う。強く舐めて肉がやわらかくなると、舌が内部にまで侵入して中のやわらかな襞《ひだ》に唾液を塗りつけた。

ぴちゃぴちゃ、と静かな小堂内に響く音。

だんだんと自分の内側がトロトロに蕩け、熱くなって潤んでくるのが分かる。

舌がその孔を出入りすると、ゾクゾクッと脇腹から背中にかけて甘い震えが走る。意識が飛びそうになって、羽水はそんなふうに感じてしまう自分の身体が信じられなかった。

（う……うそっ、こんなふうにされて、気持ちいいなんて……）

舌や唇といった口を使った愛撫だけでなく、指もぐっと押し込められるようになる。

熱く崩れ落ちそうな内部はすぐに指を呑み込み、もう一本の骨太な指さえも同時に咥《くわ》え込んでしまった。ゆっくりとその二本の指が抜き差しされて、羽水は甘い喘ぎ声を上げた。

性交を彷彿《ほうふつ》させる長い指の動きに身体の全神経が集中し、痛くて気持ちのいい感覚を追う。

弄《いじ》られて、欲望を高められて。

ヒクッ、と白い喉を反らして震わせ、羽水は指を狭い窄まりの奥の方まで差し込まれるたびに感じる、今すぐ前から放ってしまいたいという甘い衝動をこらえた。

(あ……なんだか、もっと奥に陽様が欲しい……。もっと、僕の奥まで来てもらって……陽様ともっとしっかり繋がって、一つになりたいっ……)

頭の中が朦朧《もうろう》として、身体の熱と陽への想い以外、なにも感じ取れなくなってくる。

ぐちゃり、と陽の指で内側の肉が潰されたような感覚が走って、羽水が息を詰めたとき——陽の二本の指が同時にずるっとそこから引き抜かれた。

「ああ、充分にほぐれたな……」

安心したように呟いた陽が、その身を起こして下衣を脱いでいく。

全身の肌をさらして再び羽水の脚の間に座ると、曲げられた両脚を持ち上げて、羽水の谷間に腰を進めてきた。

彼の屹立した雄がふと太腿の内側に触れて、その硬さと熱に羽水は息を呑む。

陽は自身の雄に手を添え、窄まりの孔に押し当ててきた。

「羽水……いいか?」

「……。は、は……い……」

一呼吸分の間だけ返答に迷ったが、羽水はコクンと小さく頷いた。

男同士で繋がるなんて、いったいどうなるのかと思うと怖い。だが、大好きな陽と一つになってお互いをもっと深く感じたいという想いの強さが、その恐怖を簡単に掻き消してしまった。

(陽様……陽様のことが愛しくて、すごく欲しい……)

すごくすごく好きだから、陽の全てを受け入れたい。全てを与え、与えられたい。

そんな甘い気持ちで胸が震えて、切なさで泣いてしまいそうになった。

「羽水……」

愛しそうに自分の身体の下にいる羽水を見下ろし、陽が雄をぐっと入り口に捻じ込んでくる。

「あ――」

舌や指とは全く違う圧力と重量感に、羽水は目を瞠った。

狭いそこを奥まで割り広げるようにして挿入されていく雄。そのドクドクという強い血脈を感じ、喉を震わせる。生理的に押し戻そうとする内部の肉に、切り裂かれるような痛みが走った。

「んっ……ん、んぅ、あぁっ……!」

「羽水っ……」

眉を寄せた苦しそうな顔で根本まで入れ切った陽が、動きを止めて長く浅い息を吐く。

彼は労るような眼差しで、羽水をやさしく見下ろしてきた。

「痛くはないか……?」

「へ、平気です」

羽水が無理をして頷くと、涙がこめかみを伝った。それを陽の熱い唇が、そっと吸い取る。

「お前の涙は、天に咲く花が地上に滴《したた》り落とした蜜のような味がする……」

陽は甘い言葉に続けて、うっとりとした表情で訊《き》いてきた。

「動いても、大丈夫か？　ゆっくりとするから……」

返事の代わりに羽水が頷くと、陽は腰を静かに引き、そしてまた奥まで差し込んでくる。

「あっ……」

窄まりの孔の肉が引き攣《つ》れるかのような感覚に、羽水は思わず肩を縮めた。

陽は慎重に、身体全体を使って波打たせるようにして腰を入れてくる。受け入れる羽水に負担がかからないようにしながら、その抜き差しの動きを繰り返した。

突き込まれるたび、羽水の背中が床に擦れ、下に広げて敷いてある陽の上着が乱れる。

最初は怖くて全身を強張らせていた羽水だったが、次第に、陽を受け入れている下腹部の内側から熱い痺れが手足に広がり、肌に薄く汗が浮いてきた。

息が弾み、窄まりの中が痛いけれど気持ちがいいようにも感じてきて……。

羽水はいつの間にか、陽の背中を抱いて自分の方へ引き寄せていた。

陽も羽水の背中を抱き、そうしてぴったりと身体を重ね合わせながら、気づけば陽の動きに合わせて腰を浮かせ、いっしょに愛と欲望の絶頂へ向かおうとしていた。

「あ、ふっ…あぁっ……」

自分の雄がはしたなく勃ち上がり、震えたそれが陽の腹に当たるのを感じて、さらに昂った。

「ああ、ぁん、んっ……！」

二人が今いるのが龍神を祀る小堂であることも忘れて、羽水はあられもない声を上げ、下から必死に抱きついた逞しい陽の背中に爪を立てる。

ギリッと食い込んだそれに顔をしかめた陽が、それでも羽水への愛しさを止められないというように顔を寄せ、何度も唇に口付けを落としてきた。

「っ、羽水っ……」

愛と欲望の艶で濡れた紫色の瞳は、薄暗い小堂の中でいっそう美しく淫猥に見える。

「羽水、羽水っ……！」

荒い息で名前を呼びながら腰を入れ、ひときわ強く、深くまで突き上げてくる。

「羽水っ……」

「ああ、ぁっ……！」

掠れた声を上げ、窄まりの中で強く締めつけることで、羽水は彼の与えてくれる波に応えた。

陽が自分の中にいる――。そのことで、これほど幸せを感じられるとは思わなかった。

好きな相手とただ繋がることが、これほど感動的で気持ちのいいことだなんて……。このまま陽と溶け合い、一つになってしまいたい……。

泣きそうになるほど熱く甘い気持ちで、陽の雄をギュッと締めつける。

「羽水っ……」

陽の突き込みが先ほどまでよりも激しくなり、その力強い波が二人を絶頂へと押し上げた。

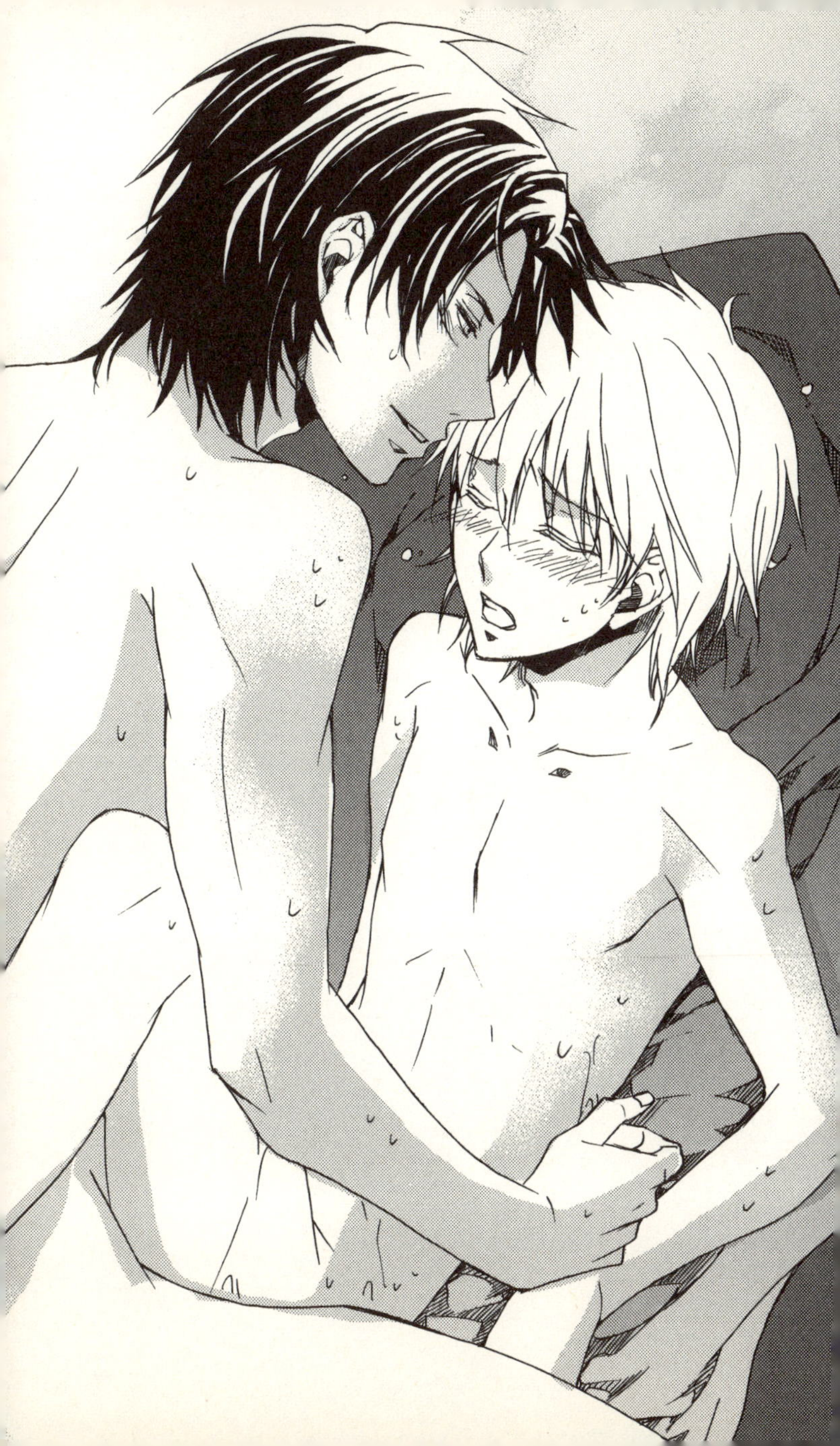

「あ、陽様っ……！」

意識が飛びそうになって陽の背中に抱きつきながら、羽水は自分の呼吸と腰の波打ちを、これまでよりもいっそう雄の硬度と太さが増した陽に合わせる。

「よ……陽様、陽様っ、あぁっ……！　あ、んっ――」

頭と胸の中が切なさでいっぱいになったその瞬間、ぶるっと腰を震わせて――。

「んん、あああぁっ――！」

「っ、ぅっ――」

陽も低い呻《うめ》き声を漏らして動きを止め、ほぼ二人同時に張り詰めていた前を弾けさせる。

それからゆっくりと、陽が羽水の胸に身体を沈めてきた。

精液を迸らせた直後の解放感と、お互いの愛を全て相手に与え合ったという甘い充足感に包まれて――羽水は陽としっかりと抱き合い、息の乱れを整えながら目を閉じた。


三日間続いた祭りが終わり、それから五日目の朝が来た。

その日の朝、まだ空が暗いうちに、羽水は自室の寝台で目を覚ました。

瞼を薄っすらと持ち上げると、目の前に陽の寝顔があった。

健康的な濃い色の肌、男らしく凛々《りり》しい眉。通った鼻筋。黒髪が垂れている頬は精悍で、瞼が閉じられていることで長い睫がますます濃く見える。

彫りの深いその端整な顔に見惚れて、羽水はため息が出そうだった。

(陽様は、本当にきれいで素敵だ……)

彼の腕は羽水の夜着の肩を抱き、自分の裸の胸に大事そうに抱き寄せている。

このままずっと、陽の寝顔を見つめていたい。ずっと寄り添って、恋人同士の甘い時間を過ごしていたい——心からそう願ったが、朝の祈禱がある。

四週間にも及んだ陽の雨乞いの祈禱は、明日の夜で完了する。

遅刻して、また中断し最初からやり直し、などという事態に陥《おちい》らせるわけにはいかない。

「陽様、そろそろお部屋へお戻りにならなければ……」

羽水はそっと自分の肩に回されている陽の腕に触れ、小声で囁いた。

「ん……」

一瞬だけ眉を寄せた陽が、瞼をゆっくりと持ち上げる。

二つの美しい紫色の瞳に見つめられて、羽水はドキリとした。

「おはようございます」

「ああ」

羽水は肩を抱かれて横向きに寝た体勢のまま、照れくささをこらえて言う。

目を細めた陽は、羽水の額に、ちゅ、と軽く口付けをした。

「起きてすぐに、愛しいお前の顔を見られるなんて。これ以上の幸せはないな」

「ぁ……」

「うむ、いい気分だ」

頬に血を上らせた羽水を、陽はその肩に回している腕に力を込めてギュッと自分の胸に抱く。

羽水はされるがままに任せて、彼から愛されている幸せにうっとりと浸った。

今から七日前――龍神の祭りの初日の夜に、初めて想いを告げて愛し合い――。

それからというもの、陽はこうして毎晩、住居棟の奥にある羽水の部屋に泊まっていく。

夕飯が終わってしばらくすると、陽が部屋を訪れて二人で身体を重ね――翌朝、まだ暗いうちに陽は本堂にある自室に戻り、少し時間を置いて羽水が迎えに行く。その後いっしょに、五龍湖で行われる朝の雨乞いの祈禱に参加するのだ。

側近の口燕には、すでに陽から話し、二人の関係は知られている。

そのことに甘えるような形で、羽水も毎晩、陽を自室に招き入れてしまっている。

唇を重ね、肌を合わせるたびに、陽への愛しさが募り――羽水はここのところずっと、気持ちがフワフワと浮わついて、陽との甘い時間のことばかり考えている。

「明日はとうとう、雨乞いの祈禱の最終日だな」

陽は身体を少し後ろにずらし、羽水の目をじっと見つめてくる。

「祈禱が終われば、あとは七日間取ってある予備日のうちに帰る支度をし、兵士たちとともに都に戻るだけだ。羽水……都へ戻るそのときには、俺についてきてくれるな?」

「え……」

彼の眼差しと声音の真剣さに、羽水は息を呑んだ。

陽は戸惑う羽水に、やんわりとした口調で畳みかける。

「俺を好きだと言ってくれただろう？　こうして毎夜、俺を受け入れてくれてもいる。ずっといっしょにいたい、と言ったのは、結婚していっしょに暮らしてくれるということだろう？」

「そ、それは……」

「この寺院の次期神巫子としての役目を、急に放り出すことはできないか？　では……すぐに都に来ることはできなくても、結婚はしてくれるな？　同居の件はあとから考えるにしても、この俺の生涯の伴侶になってくれるつもりはあるのだろう？」

「あ、あの、それは、でも……」

羽水は、急に現実に引き戻されたような気分になった。

七日前の夜、祭りの催された広場のそばにある小高い山を少し上がったところに建つ、小堂の中で身体を繋げて――。それからというもの、ずっと甘い夢の中にいるような毎日だった。

陽を好きだという気持ちだけが募って、求められるままに抱き合って。

彼への想いだけで夢中になってしまっていたが、冷静な気持ちに戻ってみれば、やはり皇帝のしかも同性である陽との結婚なんて、とても無理に思える。

以前もそう思ってはいたが、ここ最近はそのことを考えないようにしていたところがある。

(もちろん、僕だって……できることなら、陽様と結婚できれば、とは思うけど……)

口に出すだけでも悲しくなる。けれど、目を逸らせない現実として、結婚なんて叶わないだろうということを、はっきりと陽に告げなければならないと思った。

「それは……僕は、もちろん、陽様のことが大好きです……」

羽水はズキンと胸の痛みを感じながらも、勇気を振り絞って言葉を続けた。

「でも、結婚は……。僕と陽様は、身分違いですし、男同士です」

「それは問題ないと、お前に求婚した次の日には言ってあるだろう？　お前が庶民であることも男であることも、皇城の者たちにはなにも言わせないと……」

「た……たとえ身分違いが許されても、男同士ということは許されない……と思います」

いくら陽が皇帝としての最高権力を使っても、解決できない大きな問題が残ることになる。

「陽様はこの国の皇帝様です。お世継ぎが必要ですよね？　でも、僕は子供を産めません」

「子供……」

「もし陽様がいいと言ってくださっても、それでは皇城の方たちが困ると思います。陽様の御両親も、夢々様のような……あのような可愛い仔虎の姿をしたお孫さんの顔を見られないと分かれば、がっかりなさると思います。ですから……」

「……」

陽はわずかに目を瞠り、今初めてそのことに気づいた、というような顔をしている。

彼のその表情で、羽水の胸はさらにいっそうズキンと鈍く痛んだ。

やはり、これはとても重要な問題なのだ。そう改めて思い知ったような気がして、いたたまれないような、悲しく寂しい気分に襲われた。

(陽様とは、やっぱり……。いくら好きでも、結婚なんてできないんだ……)

泣きたいくらいにキリキリと締めつけられる胸の痛みに耐えていると、陽が静かに口を開く。

「うむ……そうか、なるほど……」

『俺も少し、そのことについて考えてみる——時間をくれ』

そんなふうに言われて、このまま二人の関係もうやむやになるかもしれない。

陽がそのまま都に帰ってしまっても、羽水には引き留めることもできない。そもそも自分から結婚できない理由として、子供の件を持ち出したのだから。

それでも、陽を失うのかと思うと辛かった。

今、自分を寝台の上で抱きしめてくれている逞しい腕。その広く厚い胸の、触れているとたまらなく安心できる温もり。何度も繰り返し重ね、やさしさを教えてくれた熱い唇。愛しいそれらをこれから全てなくすのだと思い、深い絶望で胸がいっぱいになったが——。

「羽水……」

敷布に片頬をつけている陽は次の瞬間、にこりと朗《ほが》らかに微笑んだ。

「子供のことは心配ない。案ずるな」

「っ……?」

息を詰めた羽水に、陽はさらに明るい笑顔を向けてくる。

「俺の両親も、どちらも男なのだ」

「え……?」

「以前話した、皇家に伝わる『虎の血』だが……その大きな作用の一つとして、男同士でも子供を作ることができる、というのがある」

彼は寝台に横向きに寝て羽水を抱きしめたまま、うんうん、と頷いた。

「だから、俺の両親はどちらも男だが、俺を含めた三つ子をはじめとして十三人の子供を作った。子供は皆、虎の血を色濃く引いていて……そういうわけで、俺とお前も仔虎を作ることができるぞ。それなら、跡継ぎについても、なにも問題ないだろう……？」

「陽様の御両親が……前皇帝夫妻が、どちらも男性……？」

羽水は、自分が耳にしたことが信じられなかった。

陽は自信を込めた笑顔で頷き、きっぱりと言う。

「俺の父母だけではない。皇城ではもう何代にも渡って、男の嫁を皇后として迎えている。どの夫婦も子だくさんでな……だからきっと、俺とお前も多くの子を授かることができるだろう」

「……」

「以前、虎の血を引いていることやその作用について話したときに、この件についても話したとばかり思っていた。……お前を不安にさせてしまっていたようで、すまなかったな」

羽水は呆然とし、まだとても信じられない気持ちだった。

だが、心のどこかでは、そんなこともありえるかもしれないと受け入れている部分もあった。

虎の血の作用で、人間である陽が白虎の姿に変化することができるのだ。その神秘的な虎の血の別の作用として、男性間で子供を作ることも可能かもしれない、と思える。

実際、陽という子や他に十二人もの子供を、前皇帝夫妻は授かっているようだし……。

(男同士で、子供ができるなんて……。じゃあ、その話が本当なら、男同士の陽様と僕が結婚しても、皇城の人たちを困らせることにはならないってこと……?)

ようやく、囲方の発言に関する謎も解けた。

以前、夢々を連れた囲方に初めて会ったとき。彼は、陽と羽水の結婚を『可愛らしい仔虎が生まれそうだから』という理由で許可すると言っていた。

もしかしたら、囲方は自分を女性だと誤解しているのではないか、と怪しんでいたが……。

彼は前皇帝の側近として、皇家に流れる虎の血のことを知っていたのだろう。だから、その作用で陽と羽水の間にも仔虎が生まれるということを前提にして、話していたのだ。

(身分違いでも男同士でも、僕と陽様は結婚できて、跡継ぎも作れるということ……?)

思いもよらなかった展開に、羽水がどう会話を繋げばいいか分からず黙っていると、陽が微笑んだ。彼は羽水の額に、薄茶色のやわらかな髪越しに、ちゅ、と口付けを落とす。

「そういうわけで、跡継ぎについてはなにも問題はない。羽水――お前を愛している。俺と結婚して、俺の可愛い仔虎をたくさん産んでくれ」

「で……ですが……」

「ああ、そうだ。お前が神巫子になったらどうするかという、この龍神山と都の皇城という、距離の問題があと一つだけ残っているな……。しかし、それも大した障害ではない」

戸惑うばかりの羽水に、陽はさらりと言う。

「お前が神巫子になるなら、俺がここに遷都《せんと》すればよいだけだ」

「えっ、遷都っ!?」

「ああそうだ、都をこの土地に移す。そうすれば、たとえ一年のうち十一ヶ月間はお前に触れることができなくても、毎日顔を見ていっしょに生活することは可能だろう?」

「……」

「四神獣のうち、虎と龍に守られて……。新しい都は富み栄え、さぞ立派なものとなるだろう」

うっとりと……そしてあまりにも簡単なことのように言う陽だが、決して冗談を口にしているわけではないと分かって、羽水の頬から血の気が引いた。

「ダ……ダメです、せ……遷都なんて、ぜったいにダメですっ!」

羽水がしどろもどろになって反論すると、目の前に寝ている陽の眉が片方だけ上がった。

「皇帝の俺がいいと言っているのだから、いいだろう?」

「ダメですっ!」

「ふむ……」

陽はしばらく口を結び、それから一転してにこりと微笑む。

「どうしても遷都が嫌だと言うなら、一年に一ヶ月間だけの逢瀬《おうせ》で我慢することにしよう。お前が神巫子となっても他人と肌を合わせてもよい、年末の一ヶ月間だけ……寺院が閉鎖されるその間だけ、都の皇城へ来て暮らしてくれ」

「え……」

「結婚してからも、一年のうち十一ヶ月間だけは、お前は俺のことを気にせずにこの寺院で思う存分、神巫子としての役目を果たせばいい。もし残りの一ヶ月間も、都へ来ることはできないと言うなら……俺がその間だけはこの地に来て、ここで政務を行ってもいい」

陽は羽水に向かって、力強い声と笑顔で言った。

「一年のうち十一ヶ月間離れていたとしても、俺とお前の心は離れたりしないだろう？　皇帝と神巫子として、それぞれの仕事を力の限り全《まっと》うし……そして一年に一ヶ月間だけ、都かこの地のどちらかでいっしょに暮らすという夫婦生活も、なかなかいいものじゃないか？」

「陽様、でも……」

「仔虎が生まれたら、皇城で育てることにしよう。仔虎たちには、母のお前と会えなくて少し寂しい思いをさせてしまうかもしれないが……お前がこの寺院で神巫子として務めていれば、お前は他人である仔虎たちに触れることも許されない。思うように世話もできないだろう？」

「それは……」

そんな形態であれば、自分が陽と結婚し、なおかつこの龍神山で神巫子として務めることも可能かもしれない……。それに、陽がここまで言ってくれているのだし……。

それなら、という気持ちが、羽水の中に湧いてきた。

「でも、やはり、一年に一ヶ月間だけとはいえ、皇帝の陽様に、この土地に来て政務を行っていただくとかいう……そんなお手間を掛けさせるわけには……。そうなったら、僕が皇城へ参ります。その期間は神巫子としての仕事もありませんし、その方がなにかと……」

戸惑いながら陽の目を見つめて言っていた羽水は、ハッと我に返った。

なんだかいつの間にか、話がすっかり陽と結婚するような流れになっている。そんなつもりではなかったのに、と急に焦ってきた。

（やっぱり、たとえなにも問題や障害がなかったとしても、皇帝である陽様との結婚なんて大変なことなんだから。こんなふうに、自分の恋情だけで決めていいものじゃないよね……？）

羽水は視線を揺らしつつ、自分を抱きしめて寝台に横になっている陽に、必死に言う。

「とっ、とにかく、結婚とかそういう話は、また改めて……」

そう話している途中で、足元の方にある部屋の扉がトントンと外側から叩かれた。

「兄上、ちょっといいですか」

「あっ、い、伊地ですっ」

羽水は小さな声で陽に部屋へ戻るように促し、彼とともに寝台から降りた。

陽が寝台のそばで昨夜脱いだ夜着を拾って身につけているその間、羽水は、廊下に立っているだろう伊地に、しばらく待つように言い続けた。

ようやく入室の許しを与え、伊地と入れ違いに、身支度を整えた陽が部屋から出ていく。

「では、またな、羽水。結婚の件は一度きちんと考えて、早いうちに返事をくれ」

陽が微笑みながら去り、彼に一礼をした伊地が羽水の前まで歩いてきた。

「結婚……？」

伊地はじっと、羽水の傍《かたわ》らにある寝台を見つめた。

敷布や上掛けの布団が乱れていて、寝台の上は二人分の人間の大きさに少し沈んでいる。見るからに、たった今まで、そこに陽と羽水が二人で寝ていたという状況だ。

「皇帝様は、昨夜、ここにお泊りになったのですか……？」

「……」

羽水は頬が上気するのを感じ、気まずさにいたたまれなくなって、さりげなく俯《うつむ》く。

伊地はしばらく絶句し、うかがうように問いかけてきた。

「兄上、まさか、皇帝様と……？」

「っ……じ、実は、その……」

もう隠してはおけない、と思い、羽水はこれまでの陽とのことを全て話すことにした。

それらのことを話しても、伊地は決して他言はしないだろうと心から信頼できる。

(求婚されたことや虎の血のことを、弟に言ってもいいと、以前、陽様も言っていたし……。伊地にだけは、全て話してもいい……よね？)

羽水は、陽から出会ったその日の夜に求婚されたことや、彼が虎の血を引いていて白虎の姿に変化できること、身分違いや男同士でも問題なく結婚できると言っていること、そして自分も彼を好きになっていることなどを、順を追って話した。

たった今聞いたばかりの、虎の血の作用で男同士でも仔虎ができるということや、遷都するかもしくは一年に一ヶ月間だけ会う夫婦生活をしよう、と陽が言っていることも——。

伊地は最初驚いていたが、全て聞き終えると、ふっと安堵したような笑みを浮かべた。

「では、兄上は……皇帝様と、ご結婚なさるのですね？」

「え……」

あまりに当然のように言われて、羽水は口籠《くちご》もる。

「それは……でも、やっぱり一年のうちほとんど会えない暮らしなんて、皇帝様の伴侶としてどうかと思うし……。今話したように、将来、仔虎が生まれても、皇城でお世話をしてもらえば結局は皇帝様に多大なご迷惑をおかけすることになるし……。そんなふうになるのは嫌だから……だったら、お断りするのが一番いいかと思っていて……」

「どうしてなのですか？」

伊地が眉間を寄せ、納得がいかないというように言葉を続ける。

「私は兄上に、幸せになってもらいたいです……。皇帝様がいろいろと便宜《べんぎ》を図ってくださると言っているのですから、全てお任せしたらいかがですか？　皇帝様のことがお好きなら、その気持ちに素直に従ってしまっても、私はいいと思います」

「伊地……」

戸惑いに心を揺らす羽水の目を、伊地はしっかりと見て言った。

「兄上は次期神巫子として、たくさんの者たちの心に平安を与え、救っておられます。それはとても大切で立派なことだとは思いますが……その役目を今後も神巫子として続けるために、兄上が自分の幸せを全て手放さなければならないというのは、なにか違うと思うのです」

「っ……」

「少なくとも私は……いえ、おそらくこの寺院に参拝する全ての者が、今の兄上の言葉を聞いたら悲しくなると思います。自分たちの幸せのために兄上の幸せを犠牲にするなんて、と……」

「……」

羽水はたまらない焦燥感《しょうそうかん》に駆られて、どう答えればいいのか分からなくなった。

伊地の言っていることは正しい――。心のどこかでそう理解している自分がいるのに、すぐにはそれを素直に受け入れられない。

「と、とにかく……このことは、もう少し自分でよく考えてみるから……」

これ以上はなにも言わないで欲しいと、羽水はおもむろに話を切り上げた。

「陽様との結婚の話のことは、皆には黙っていてくれる？」

「はい、それは……もちろんです」

もう少しよく考えてみる、という言葉で安堵したのか、伊地はホッと頬を緩めた顔になる。

羽水はすかさず、話題を他へ移した。

「ところで、ここへ来たのは、なにか用事があったんじゃないの……？」

「あ、はい……そうです。実は、先ほど嫌な『予知』を見て……」

伊地の表情がふっと神妙になり、彼は慎重に言葉を選びつつ話す。

「この龍神山が大きな炎に包まれて燃えている『予知』だったのです」

「炎に……」

「火事は、先日余順であったばかりですが……。またなにか、不吉なことが起こりそうです」

彼の言葉を受け、羽水は頷いて言った。

「そうなんだね、分かった。朝食のときに、寺の皆に、火に気をつけるように言っておこう」

「はい……」

「それじゃ、そろそろ朝の祈禱の時間だから、行こうか……。僕は着替えたら陽様のところへ寄ってから五龍湖へ行くよ、あとで会おう」

はい、と返事をした伊地が、扉の方へ向かう。

彼が出ていって一人になった羽水は、夜着を脱いで祈禱用の着物に着替え始めた。

頭の中でずっと、先ほど伊地が言った言葉がぐるぐると回る。どうしても気にかかって、そのことばかり考えてしまっていた。

『皇帝様のことがお好きなら、その気持ちに素直に従ってしまっても、私はいいと思います』

本当にそうしてもいいのだろうか。そうすべきなのだろうか。

それが許されるなら、自分は——。

(陽様のことを好きな気持ちに、素直に従うなら……。それはもう、答えは決まっていて……)

羽水は朝の雨乞いの祈禱を終えてからも、そのことで悩み続けた。

陽との未来のことを考えるだけで切なくて……。夜になってもまだ胸のドキドキという高揚感と焦りのような感情は治まらず、どうにもいたたまれない時間を過ごしたのだった。

6．裏切り

翌日の夜半近くに、羽水は陽とともに馬車で余順の都市をあとにした。

馬車一台と十五人ほどの騎馬兵たちから成る皇帝の一行を、余順から龍神村の近くまで送ってくれたのは、高級地方文官の怜倬が率いる百人ほどの馬に乗った兵士たちだった。

長く続いていた平地から、もう少し行けば龍神村に入るというなだらかな山間に差しかかったとき、陽が馬車を停めた。彼が窓を開けると、怜倬が馬車のそばで馬を停める。

「送ってくれるのはこの辺りまででいい。もうすぐ龍神村だ」

馬車の中で羽水の横に座っている陽は、外の怜倬へ向かって言った。

「龍神村に着けば、俺の護衛として都からついてきた大勢の皇城の兵士たちが、あちこちに配置されている。夜とはいえ、危ないことはないだろう」

「さようですか……。それでは、ここで失礼いたします」

まだ二十代半ばで若い細身の怜倬は、背中まである長いやわらかな茶色の髪をふわりと揺らして、馬の鞍《くら》から跳び降りた。彼に倣《なら》って、馬車の前後を護衛していた陽の騎馬兵たちも、怜倬の配下の百人の兵士たちも馬から跳び降りる。

羽水も、陽と口燕、そしてお付きとしてついてきた砂工とともに馬車から道に降りた。

怜倬はその場に片膝をついて一礼をし、陽に別れ際の挨拶を始める。

「本日は、お忙しいところ、余順に足をお運びいただき、ありがとうございました。医薬品なども届けていただき、助かりました」

怜倬は陽の隣に立つ羽水の方をチラリと見たあと、再び陽に視線を戻した。

「以前の火災でもお力をお貸しいただき……この御恩をどうお返しすればいいか分かりません」

「恩など感じなくていい。俺は民のために、できることをやっているだけだ」

陽はきっぱりと、怜倬を諭すように言う。

「それよりも、この土地の民が幸せに暮らせるよう、これまで以上に精進《しょうじん》して、高級文官としての役目を果たしてくれ。優秀なお前だから、期待しているぞ」

「ははっ……！　では、これで……」

怜倬がますます畏《かしこ》まって深く一礼をし、その場に立ち上がった。

彼に合図を送られた百人ほどの兵士が、羽水たちの一団に向かって頭を下げ、それからすぐに馬に乗る。これまで来た道を、横四列になって引き返し始めた。

黄色い月光に明るく照らされた余順への夜道を、怜倬と配下の兵士たちが馬で帰っていく。

それを最後の一人まで見送ると、陽が小さな息を吐いた。

「さてと……これで、ようやく一段落ついた気分だ」

周りには民家の一軒も見当たらない、静寂に包まれた山間。そこに流れる夏の夜の空気を、陽は自分の心を落ち着かせるかのように何度か深く吸った。

今日の日の入りに合わせた祈禱で、四週間に及んだ雨乞いの祈禱がついに完了して——。

その後、陽は余順に行く、と言い出した。

今も火災から元どおりになったとはいえない余順の都市や村々の様子を視察し、現在の状況を知っておきたいとのことだった。陽は以前余順から帰ってきてからずっと、その後のことが気になっており……今日ようやく雨乞いの祈禱を終えることができて身軽にもなったので、今夜のうちに少数の供を連れて急いで行けるように、と口燕に手配を指示していた。

いっしょに行かないか、と声をかけられた羽水は、それなら……と、寺に再補充された薬草などの医薬品を箱に詰め、余順に持参して寄付することにした。

その医薬品をいっしょに運んでもらうために、砂工にもついてきてもらうことになった。

すっかり日が暮れて真っ暗になった中ではあったが、陽は怜倬とともに視察を終え――。

その後、怜倬の屋敷に招かれて夕飯をご馳走《ちそう》になっているうちに、夜半近くになった。

真夜中に帰路につく皇帝の陽の身を心配した怜倬と、その配下の兵士たちに、羽水たち一行は龍神村の近くまで送ってもらったのだった。

「では、龍神村の寺院へ帰るとするか」

静かな空気に包まれた辺りを見回していた陽は、ふと気を取り直したかのように言う。

馬車の方へ戻ろうとした彼を、羽水は呼び止めた。

「あ……あのっ、陽様っ……」

振り返った彼に、おずおずと申し出る。

「実は、お話があって……。その……大事なお話なのです。寺院に帰ったら……できれば今夜のうちに、二人だけでお話しできるお時間をいただけませんでしょうか？」

「む……？　大事な話、か……？」

「はい……」

神妙に頷いた羽水の様子から、陽は結婚についての話だとすぐに気づいたようだ。わずかに考え込む間があったあと、彼は羽水とは反対側に立つ口燕の方を向く。

「それなら、今すぐに聞きたいな……。口燕、ここでしばらく、他の供の者たちといっしょに待っていてくれないか。俺は羽水と、あそこで大事な話がある」

陽が道沿いの林の奥を顎でしゃくり、口燕が眉を寄せた。

「このようなところでお話をされるのですか？　もう夜半近くでもありますし、龍神村へ戻ってからではいけないのですか……？」

「こういうのは、機会を逃さないことが最も大事なのだ。分かるだろう？」

陽が意味深に微笑んで、羽水の方へチラリと視線を向けてくる。

口燕はしばらくの間、片方の眉を上げて口をへの字にし、黙ってしまった。だが、結局は、分かりました、とため息混じりの了承を返してきた。

羽水は自分のそばに立っている砂工にも、この場で待っているように言う。

「砂工、お前も好きにして休んでいて。でも、あまり遠くには行かないようにね……」

「はい……」

砂工は、二人でなんの話をするのだろう？　と気にして羽水と陽をチラチラ見ながらも、道を散歩でもするかのようにブラッと歩き出し、羽水たちのそばから離れていく。

羽水は陽に手を引かれて、やさしい声でそばの林の中へ促された。

「羽水、こちらへ。足元が暗いからな、気をつけて歩け」

陽に気遣われながら道をあとにし、木立の中へ入っていく。

山間の入り口といった場所で、周りにはなだらかな丘のような山々が重なっていた。盆地や平地の多い余順近郊と違って、龍神村の方面には高い山がいくつも見える。

口燕たちの待つ道から少し奥に入って小川にぶつかったところで、陽とともに立ち止まった。

他に人の気配はなく、小川がチョロチョロと流れる音しか聞こえない。

自分の心臓のドキドキという音が、耳の奥でいやに響いて聞こえた。そっと着物の上から胸に触れてみると、そこは燃えているかのように熱くなっている。

この地上に自分たち二人だけしかいないと錯覚しそうな夜に包まれて、羽水は緊張してきた。

(とうとう、陽様に言うんだ……)

昨日の夜からずっと、陽に伝えたかったこと——。

その決心を今まさに口にするのだと思い、胸の震えを必死にこらえていると、突然、それまでの甘い沈黙を破って、陽がやさしく問いかけてきた。

「それで、お前の話というのはなんだ?」

「は、はい……」

羽水は前方の暗い木立を見たまま、ぐっと腹の底に力を込めて、照れくささを抑え込む。

「陽様は、その……以前、僕と結婚できなければ、もう一生、誰とも結婚はしないだろう、と言ってくださいましたよね……？」

「……」

「僕も、今、同じ気持ちです。それをお伝えしたくて……」

隣の陽が息を呑む気配を感じ、羽水の声は恥ずかしさで震えそうだった。

「僕も、今……陽様以外とは、結婚したくない気持ちです。いいえ、今だけでなくこれからも一生……陽様と結婚できないのだったら、誰とも結婚したくありません。陽様以外に一生いっしょにいたいと思うほど好きになれる人など、きっともう現れないと思うからです……」

「羽水……」

感動に心を揺さぶられているかのように目を瞠った陽の方へ、羽水はゆっくりと顔を上げる。

彼の美しい紫色の瞳をじっと見つめ、視線からも自分の愛を伝えようとした。

（ああ、やっと……やっと、陽様にお伝えすることができた……）

昨日の朝、陽から、改めて結婚を考えて早く返事をくれるように、と話をされて――。

伊地からも、自分の気持ちのままに陽との人生に飛び込めばいいのではないか、と言われた昨日、羽水は一日ずっと、陽との結婚のことばかり考えていた。

そして夜遅くに心を決めた。やはり彼以上に好きになれる人はいない、陽と結婚したい、と。

遷都をしない限り、結婚後、陽が龍神山に会いに来るにせよ羽水が陽に会いに行くにせよ、一年に一ヶ月間しか会えない夫婦生活になることや、仔虎が生まれた場合の世話など――。問題は残っているが、陽と一生離れたくない、という想いの方が自分の中で勝った。

楽しくて幸せなことも、不幸や痛みも、全てを共有したいと思う。陽といっしょなら、これからの人生で起こる全てのことを、自分らしく受け止めて生きていける気がするのだ。

今朝になって、すぐにも結婚の意思を伝えたかったけれど、今日は雨乞いの祈禱の最終日だった。祈禱が完了する夜になるまで落ち着かないし、陽の気持ちを乱さないように、話をするのは夕方の祈禱が終わってからにしようと決めていた。

すぐに気持ちを口にできないのが辛く、もどかしい思いで一日を過ごした。

そんな経緯もあり、やっと伝えられたという安心感から、羽水は思わず涙ぐんでしまった。

「それは、つまり……」

陽が羽水の目を真剣に見つめ返したまま、慎重に問いかけてきた。

「つまり、お前は俺と結婚してくれる、ということか?」

「……」

羽水はあまりに照れくさくて、返事の代わりに小さく頷く。

すると、次の瞬間、正面から陽に強く抱きつかれた。

「あっ……!?」

「では、羽水……今すぐ、結婚してくれっ!」

耳元で思い詰めたように叫んだ陽の声が静かな山中に響き、羽水は、えっと目を瞠る。

「え……？　あの、い、今すぐ、ですか……？」

「そうだ。お前の気が変わってしまわないうちに、今ここで結婚しようっ！」

「あの、でも……時間が経っても、僕の気持ちは変わりませんから……」

「もちろん、後日、都で正式な結婚式を挙げる。披露宴も行おう。ああ、それに、お披露目の行列で都の街を巡ることもしなければな……。だが、今はそういった形式的なことはどうでもいいから、ただ、お前に俺の妻になると誓ってもらいたい。俺と、今ここで夫婦になる、と」

「陽様……」

陽は身体を離して羽水の前にすっと片方の膝をつき、自分の左手の指から金の指輪を外した。

「この指輪をお前に」

祖先から代々受け継いできた宝飾品の一つだと言って、羽水の手を取る。

羽水の指の先に、丸い小さな指輪を押し当ててそこで止めた。

跪《ひざまず》いて懇願するようなその体勢は、四週間ほど前――いや、五週間ほど前に初めて彼と会った日の夜、羽水の自室の庭で求婚をしてきたときと同じ格好だ。

「俺のものになる、と……俺の生涯の伴侶になってくれると、今ここで誓ってくれ。そうしたらこの指輪を、お前の指に通す」

「よ、陽様……」

熱の籠もった潤んだ瞳でしっかりと見上げられて、羽水の心は感動で甘く震えた。

(陽様、僕は……)

確かに予想外のことで突然ではあるけれど、これこそが自分の望んでいたことでもある。

拒絶する理由などなにもなく、羽水は照れた微笑みを浮かべて頷いた。

「ち、誓い、ます……」

「っ……！　よしっ」

陽は指先で摘《つま》んでいた金の指輪を、羽水の指の根本までぐっと通した。それから間髪《かんはつ》を容《い》れずその場に立ち上がり、羽水の唇に、ちゅ、と唇を重ねてくる。

「これで、俺とお前は夫婦だな」

満足そうに微笑んだ彼に、羽水は再びギュッと力強く抱きしめられた。

「は、はい……」

夫婦という言葉がなんとも気恥ずかしく感じられたけれど、羽水は深く頷いた。

もう二度と離さないとでもいうかのような強い力で抱きしめてくる陽は、まるで二人の体温が溶けて一つになっていく幸せをじっくりと味わっているかのようだ。

「誰よりも愛しいお前と結婚できてうれしいぞ、羽水」

「陽様、僕も……です」

なんとも言い表しようのない至高の幸福感に包まれて、羽水も陽におずおずと抱きつき返す。

山の谷間を小川が流れる音だけが聞こえる、夜の静寂の中、陽の肩越しに夜空が見えた。闇色の雲が形を変えてゆっくりと流れていき、その下から黄色い月が顔を覗かせる。

（あ、月が……）

その美しさに思わず心を奪われそうになったとき、近くから少年の声がした。

「羽水様っ……？」

ハッとして顔を横に向けると、近くの木立の中に砂工の姿がはっきりと見えた。

羽水はサッと、抱き合っていた陽と身体を離す。

「砂工……？」

「あ……す、すみませんっ、あっちで待つように言われたのに……！　でも、どうしても気になることがあって、羽水様にすぐにお話ししたくてっ……」

羽水と陽の前まで月明かりを頼りに近付いてきた彼は、眉を寄せて困惑した顔をしていた。

「どうしたの……？」

羽水がやさしく問うと、砂工は興奮しているかのように早口で話し始める。

「さっき、皇帝様の護衛の人たちといっしょにいても話すこともないし、つまらないから……一人で、少し離れた河まで歩いていってみたんですっ。それで土手の斜面に座っていたら、すぐ後ろの道を、荷車を引いた五人くらいの男たちが歩いていって……」

一度、深く息継ぎをし、また話し出す。

「あっちは俺がいるのに気づかなかったみたいだけど、俺の方からは見えて、声もよく聞こえていて……。それで……その五人いた男の中の一人が、十無さんだったんですっ」

「……？　十無さん……？」

羽水の瞬きに、砂工は頷きを返してきた。

「はっきりと聞こえたんです。十無さんの声で、『大事なお金だから、気をつけて自分の屋敷まで運ぶように』って、他の男たちに命じているのが……」

「自分の屋敷……？」

砂工の言っていることは、その断定口調に反して、ひどく不確かなものに聞こえる。

「じゃあ、十無さんじゃないんじゃないかな？　あの人は寺院に住み込んでいるし、うちは十無さんが大きな家を建てられるほどの給金なんて、とても払えていないはずだし……」

「でも、あれはぜったいに、十無さんでした」

砂工は間違いないと言わんばかりに、必死に何度も頷いた。

「それに、あの重そうな荷車に積まれていたのが、全部お金だとしたら、ものすごい金額です。それですごく気になって、羽水様にすぐにでもお話ししたいと思って……」

「確かに、なんだか怪しいな」

それまで黙って話を聞いていた陽が、口を挟んでくる。

「あの十無という男が『自分の屋敷』と呼んでいる家が、きっとこの近くにあるのだろう。それがどこにあるか、正確な場所を突き止めて……場合によっては、あの男に直接、事情を訊いてみようじゃないか。そうすれば、いったいどういうことなのか分かるだろう？」

「え……で、ですが……」

戸惑う羽水の前で、陽は砂工の方を向く。

「この近くの、河沿いの道だと言ったな？　すぐに追いかければ、追いつけるか？」

「は、はい、多分……今すぐに、ここを発てば……」

「よし、では行ってみよう。道案内を頼む」

長い剣をしっかりと腰帯に差し直して歩き出そうとした陽を、羽水はあわてて引き留めた。

「よ、陽様っ……でも、今夜はもう遅いですし、明日にされたらいかがでしょう。明日の朝なら十無さんも寺院に戻っているはずですので、そのときに事情を訊いたら……」

「そんなことをしても、上手く言い逃れられるだけだ」

陽は、先ほど結婚の話をしていたときとは打って変わって、厳しい顔つきになっていた。

「この砂工という者が言っていることが本当ならば、かなり怪しい行動だぞ。もし、あの十無という男が、なにか悪事に手を染めていたりしたら……お前はそれを知りたくはないのか？　事実を知ることができれば、なにかしらよい対策を考えられるかもしれない」

「それは……」

羽水の心は大きく揺れたが、夜半であることがどうしても気になる。

「でも……暗く危険ですし、せめて口燕様たちといっしょに……」

「羽水様、でも、ぐずぐずしていると、どこに行ったか分からなくなっちゃいますっ！」

砂工がまだ歩き出そうとしない羽水と陽を、眉を落として急《せ》かした。

「今すぐ追いかけても、もしかしたら、無駄足になるかもっ……」

「羽水」

陽からも静かな声で促されて、羽水はついに自分の中の迷いを断ち切った。

「わ、分かりました。では……行きましょうっ」

砂工が足を向けている、山のさらに奥の方へと、彼に先導されて陽とともに歩き出す。

しばらく早足で歩いていくと、砂工の言っていた土手の道に行き着いた。

十無たちが荷車を押していったという方へさらに歩き、前方にそれらしき一団を見つけた。

黄色い月光と闇が混ざる道を、こっそりと気づかれないようについていく。荷車が、山間の河と崖沿いの山道に挟まれた場所に立つ大きな屋敷の前で停められるのを見届けた。

羽水たちは木立の陰から見ていたが、頭巾を被った十無の顔が月明かりではっきりと見えた。

「ほ、本当に、十無さんだ……」

羽水が呆然としていると、十無が指示をし、荷車を押してきた男たち四人が、金が入っているらしき十ほどの黒い木箱を肩に担いで、次々と屋敷の中へ入っていく。

屋敷の道側は高い塀に囲まれていたが、河原の方から裏手にある庭に入り込むことができた。

陽と羽水、砂工は物音を立てないようにして、美しく造作された庭園から、二階建ての建物の方へと近付いていく。立派な長い軒先に角灯がいくつも点《とも》り、全ての部屋の格子の窓扉が外へ向けて開け放たれていて……その中で、ひときわ明るい大きな部屋があった。

そこから、十無のものらしき男の笑い声が漏れ聞こえてくる。

誰かもう一人と談笑している雰囲気のそこの外壁に、三人で背中をつけた。

胸の高さほどにある窓の横の縁から目を覗かせ、そっと中を見た羽水は息を呑んだ。

(え、な……なに、これは……?)

高級そうな長椅子や卓台、大きな白い陶器の壺や金銀細工の飾り物が並ぶ、広く豪華な部屋。

その中央で、長椅子に座った十無が、銀色に光る酒杯で酒を飲んでいた。いつものように灰色の布製の頭巾を被っている彼は、先ほど屋敷に入ってすぐに酒を飲み始めたようだ。四角い卓台の上には、これも高価そうな硝子の酒瓶や肉料理が並ぶ。

彼の細い身体には、派手な花模様の着物を着た若い女性が二人、べったり寄りかかっていた。濃い化粧をし、胸元から肩にかけての肌を露出している彼女らは、どう見ても遊女だ。

もう一つの長椅子には、若い男性が座っている。

彼は、寺院で十無とともに庶務を担当している青年で、まるで主人でも敬《うやま》うかのように、十無に対して謙《へりくだ》った態度で接していた。

「あの若い方の男も、寺で見たな。確か、十無といっしょに庶務を担当している……」

羽水と砂工にだけ聞こえる小声で、陽が言う。

「これほどの屋敷に、酒に遊女か……いったい、どこから出た金でこれらを手に入れた？　これは残念ながら、なにもない、とは言えなさそうだな」

「っ……」

そういえば、部屋の中にいる庶務担当の若い男は、十無が寺に来てから彼の紹介で雇い入れた。自分の見ているものが信じられず、羽水はただ黙って耳を澄ませているしかなかった。

「しかし、十無さん」

部屋のすぐ外で羽水たちが聞いているとは気づかず、庶務担当の若い男の方が言う。

「どうして、参拝料の徴収をあれほど簡単に取りやめたのですか？　参拝者たちから五元の参拝料を徴収できたら、莫大《ばくだい》な金が寺院に入ったでしょう。そうしたら、十無さんは今よりも、もっと金を貯め込めるのではないでしょうか」

さも残念そうに言う男の言葉に、羽水は息を詰めた。

「どうせ、あの間抜《まぬ》けな神巫子やその息子たちは、我々がしていることにこの先も気づきそうにありませんし……。参拝料を諦めるのは、どうにも惜しい気がするのですが……」

「なにを言っているのだ、諦めてなどいないぞ」

十無は手にした酒杯をくいっと傾けて中身を飲み干し、そばの長椅子に座る男に言う。

「まあ、そのうちな……どうしても寺院の金が足りないと言って、参拝料を導入させるようにする。それまでは、あの羽水をとことん働かせてやればいい。どうせ、私たちの懐《ふところ》は痛まないのだし……最初にあまり強引にして、反発されても困るからな」

十無はぴったりと横に寄り添って座る遊女の腰を抱き寄せ、口を歪めて苦笑した。

「せっかく三年もかけて、寺の者たちを信用させたのだ。ここに来て、私たちの金の横流しがバレたら困るだろう？　参拝料の件を強引に進めることで、少しでも疑いを持たれて、羽水や他の者が財務に口出しするようになったら……これまでのように、寺院へ支払われた祈禱料や寄付を計上せずに私のものにするなどということは、とてもやりにくくなる」

「なるほど……それは困りますね」

青年は感心したように頷き、にやりといやらしく笑う。

「そんなことになったら、私も嫌です。まだまだこれからも、十無さんと組んで、多額の儲《もう》けのお零れを頂戴《ちょうだい》し続けたいですから」

「そうだろう?」

窓からそっと覗いていた羽水は、二人の会話から大きな衝撃を受けた。

十無は寺院の経営が苦しくて、参拝料を徴収すると言っていたのに……あれは嘘だったのだ。

しかも、ずっと前から、寺院の金を横領し、自分だけはこうして人目につかない特別な場所で贅沢《ぜいたく》を楽しんでいた。今夜、荷車でこの屋敷に運び込まれた金入りの重そうな箱も、どう考えても、寺院に関係している金としか思えない。

(まさか、こんなことをする人だったなんてっ……!)

寺院の経営を立て直してくれた人だと思って、ずっと財務を任せ切りにしたのが悪かった。

羽水は身体の脇でぐっと拳《こぶし》を握りしめ、後悔と悔しさをこらえた。

同じように外壁に背中をつけて立つ隣の陽の方を見ると、彼も眉を寄せて羽水を見つめ返してくる。十無たちの会話は、聞くに堪《た》えない、と言っているかのような表情をしていた。

「しばらく経って、参拝料を徴収するようになったら……もう一度、今回、余順の近くでやったように、人の手で大火事でも起こせばいい。祈禱の申し込みや寄付が増えるうえに、龍神に救いを求めて参拝者がどっと増えるだろう。そうしたら、莫大な参拝料が手に入るぞ」

十無が笑いながら言い、青年が酒杯を卓台に戻した。

「ああ、この前の余順の大火事は、本当に効果がありましたね」

彼は頷きながら言う。

「あの火事のあと、参拝者が一気に増えました。実際に家や田畑を焼かれた者だけでなく、火事の話を聞いて恐れた遠方の者たちも、大勢やってきて……。空気の乾燥している今、どこで自然発火が起こるか分からない、水を司る龍神の庇護を受けたい、と望んでのことのようです」

「私の言ったとおりだっただろう?」

「はい。さすが十無さんだ、と思いました。また次も火事を起こして、参拝者が大勢押し寄せれば……今度はその分だけ、参拝料でも儲かるというわけですね」

「そのとおりだ」

青年の言葉に、十無が、ハハハ、と得意そうに笑った。

「神の力など、あるわけがないのに。バカな庶民たちのおかげで、また私の懐には大金が転がり込むというわけだ」

部屋の中での会話から、外壁に背中をつけて立つ羽水はさらに衝撃を受けた。

(っ!?　ま、まさか、この前の余順周辺での火事は、十無さんたちがっ……!?)

許せない、と怒りに唇を噛んだとき、足元で、ジャリ、と小石の音が立った。

「誰だっ!?」

十無の叫び声がして、羽水はそばに立っていた陽と砂工とともに窓から数歩ほど後ずさった。

長椅子を立った十無が窓扉の方へ歩いてくる気配がし、彼が胸の高さほどにある窓の下辺に手をついてそこから慎重に顔を覗かせる。

「羽水殿……?　皇帝様まで、こ、ここでなにを……」

十無が目を瞠り、暗い庭に立つ羽水と陽、砂工の三人を不審そうに見つめてくる。

彼に遅れて、同じく寺院の庶務を担当している若い青年の方も窓に姿を現した。重苦しい緊張が漂う中、羽水はキッと十無たちを睨み上げる。

「十無さん……いったいどういうことですか、今の話は……？」

怒りで声が震えたが、身体の脇で握っていた拳に力を込めてそれをこらえた。

「先日の、余順でのあの火災は、あなたたちが起こしたというのは本当ですか？」

「っ……」

「寺院の参拝者を増やすために……あなたがこうして大きな屋敷を建て、私腹を肥やすために、大勢の命を危険にさらしたのですかっ？　それに……参拝料が必要だと言っていたのも、寺院のお金を増やしてそれを自分のものにするためだったんですねっ……？」

「今の話を、聞いていたのか……」

十無はチッと苦々しそうに舌打ちをし、羽水と陽、砂工を冷たい目でゆっくりと見回す。

「お前たちがどうやってこの屋敷を突き止めたのかは、よくは分からないが……。まさか、今の話を聞いておいて……ここから無事に帰れるなどとは、思っていないだろうな？」

「っ!!」

「これまでのことを全て知られたのなら仕方がない。お前たちには死んでもらうまでだ」

十無は淡々と言い終えると、屋敷の中へ向かって大声で叫んだ。

「おいっ、警備の者はなにをやっているんだ、侵入者がいるぞっ！」

十無の声に続いて、彼の横にいた青年が奥へと戻り、屋敷の中へ向かってなにか叫ぶ。

しばらくの間があり、遠くから男たちのものらしい猛々しい声とこちらに近付いてくる足音がした。十無たちのいる部屋のすぐそばにある大きな扉が勢いよく押し開けられ、中から抜き身の剣を手にした体格のよい無頼《ぶらい》風の男たちが次々と三十人くらい出てくる。

髭を伸ばし放題にして荒々しい動きの彼らが、羽水たちの前を半円形に取り囲んだ。

陽が腰の剣に手をかけ、羽水と砂工をその背後に庇って立つ。

「私兵か……。こんな者たちまで雇っていたのか……？」

目の前を塞ぐ男たちを睨むように見回した陽へ向かって、十無が乱暴に顎をしゃくる。

「その者たちを捕まえて殺せっ！　三人ともだっ！」

私兵の男たちが陽に剣を向けて構え、羽水は息を呑んだ。

「十無さん、本気ですかっ？　皇帝様を殺そうなんて、恐ろしいことをっ……！」

「黙れっ、なにが皇帝だ！」

十無は安全な部屋の中から、羽水を見下ろしてせせら笑った。

「私の邪魔をする者は、誰であろうと排除する。ただそれだけだっ！」

「っ……」

羽水が唇を噛むと、十無はさらに小バカにするように笑う。

「羽水、お前にもここで死んでもらっても、いっこうに困らない。お前の代わりなど、いくらでも作れるのだからなっ」

「……？」

「私がここに来る前に絹織物の商売をしていた西方には、お前のように青い目をした人間などいくらでもいる。そのうちの一人を連れてきて、新しい神巫子だと言えばいいだけだ。もちろん、今いる神巫子と息子の伊地を追い出してからな。寺への参拝者たちは、その者の瞳がお前よりも青いのを見て、その者の方がより龍神に近しいと思い、喜んで寄付をするだろう」

十無は一方的に言ったあと、庭にいる私兵の男たちに命じた。

「さあ、早く殺せっ！　皇帝の首を斬り取った者に、一番多くの褒美《ほうび》をやるぞっ」

「はっ……！」

私兵たちが前方からジリジリと距離を詰めてきて、陽はスラリと腰から剣を抜く。

三十人ほどの私兵たちと、剣を身体の前にしっかりと構えた陽。どちらかが少しでも動けば斬り合いが始まる――――という緊迫した空気の中、陽が窓の向こうの十無を見て言った。

「羽水の『代わり』などいない」

「なに……？」

眉を寄せた十無に、陽は声を張って堂々と言い聞かせる。

「羽水は龍神の子孫として、自身は悩みながらも、加護を求めて来る者たちに温かな救いを与えてきた。自らの私欲などまるで持たない、その尊い行為を同じように行える他の者など、この世にそうそういないだろう」

陽は一度すうっと深く息を吸ってから、背後の羽水たちを振り返らずに言った。

「羽水……砂工といっしょに、俺の後ろに隠れていろ。この先、決して前に出るなよ」

「は、はい……」

緊張と殺気でピリピリとしている陽の背中で、羽水は砂工の肩を前から抱きしめる。

「誰からでもいい、かかってこい！」

陽は低く厳しい声で、目の前に並ぶ私兵たちに言い放った。

「ただしこの状況だ、手加減はあまりできない。死ぬ覚悟で来いよっ！」

「ぬかせっ……！」

私兵の一人が叫び、獣の唸《うな》りのような声を上げて、陽の方へ走ってくる。

彼が陽の頭を目がけて右手で勢いよく振り下ろした剣は、しかし、次の瞬間、陽が両手で前に構えていた剣で素早く横薙《よこな》ぎにされた。

ガツッと硬い音がして、私兵の剣は、クルクル、と夜空高く舞い上がる。

それが庭に落ちるより早く、陽が手首を返して振るった剣で両膝を薙ぎ斬られたその私兵の男が、雄叫びのような悲鳴を上げて地面に転がった。

血の噴き出す膝を押さえて痛みにのたうち回る姿に、羽水を含めたその場の全員が息を呑む。

私兵のそれとは比べものにならないくらいに鋭く鮮やかな、陽の美しい剣筋――。

私兵たちも圧倒されて言葉も出ず、剣を構え直した陽に斬りかかってくるのを躊躇していた。

だが、十無が屋敷の窓越しに、私兵たちに檄《げき》を飛ばす。

「早く三人とも殺してしまえっ！　万が一逃したら、お前たちは全員、給金なしだっ……！」

「っ……、死ねええぇっ……！」

十無の言葉を聞いた私兵のうちの一人が、声を張り上げて陽の方へ突進してきた。

彼は必死の形相をし、陽を袈裟懸《けさが》けにしようとしてか、剣を斜めに振り下ろす。

しかし、陽が彼に向けて剣を振るったかと思うと、その私兵は肩から細かい血飛沫を上げて、庭の地面にどっと倒れ伏した。

「くそっ！」

今度は、他の私兵たちが、二人いっぺんに陽の方へ走ってくる。

だが、陽は二本の剣もいとも簡単に弾き飛ばし、彼らの肩や脛《すね》といった急所から少し遠い場所を薙ぎ斬って、私兵たちを殺さずに戦闘不能にしていった。

次々と向かってきて剣を振り下ろす私兵たちを、陽の剣は同じように冷静に斬り倒していく。

「ひいいっ……」

「うわあああっ……！」

夜の闇の中、美しい舞いを演じるかのような鮮やかな動きで、陽の月明かりを反射する剣が閃《ひらめ》く。彼の剣が銀色の細く大きな孤《こ》を描くと、直後にその下に私兵たちが突っ伏した。

剣が人を斬っているというより、剣の下に人が自ら吸い込まれていくかのように見える。

屋敷を背にして半円を描くように並んでいた私兵たちの数が、徐々に減っていく。

羽水はその様子を、ただ息を詰めて見守っていた。

（す、すごい……。陽様の剣は、剣自身がまるで別の一つの生き物みたいだ……）

固唾《かたず》を呑んでいたそのとき、羽水は自分のすぐそばで動くものを感じてハッとした。

素早くそちらを見ると、先ほど陽の剣で肩を斬られて自分と砂工のそばの地面に倒れていたはずの私兵の一人が、剣を手にしたままヨロヨロと身を起こすところだった。

彼は肩の痛みに顔を歪めながらも、羽水たちの方へ手を伸ばしてくる。

「っ!?」

目を瞠ったその瞬間には、すでに砂工の腕がつかまれていた。

「おいっ、こっちへ来いっ！」

「あっ、砂工っ……？」

私兵に腕を引っ張られて、砂工の身体が羽水から力ずくで引き剝がされる。

「羽水様っ……」

とっさに手を伸ばして砂工を引き戻そうとしたが、私兵が彼の喉に剣をピタリと突きつけた。

息を呑んで動きを止めた羽水の前で、その私兵は自分の仲間たちと剣を交えている陽の方を向き、脅すような大声を出す。

「おいっ、お前、剣を捨てろ！　これが見えないかっ！」

砂工を背後から羽交《はが》い絞《じ》めにして、喉に長剣の刃を押し当てている男――。

その彼の方を振り返ってチラッと見た陽は、わずかに目を瞠り、剣を振るっていた手をピタリと止めた。右腕をゆっくりと慎重に下ろし……最後には、剣をガシャンと地面に放り投げる。

それを見た十無が、窓から身を大きく乗り出した。

「おお、よくやったぞ！　その男を縛れ！　他の二人にも縄を掛けて、こっちへ連れてこい！」

十無はまだ斬られずに残っていた十人ほどの私兵たちに命じ、地面に転がって痛みに呻いている私兵たちと庭に立つ陽とを、悔しそうに歯軋りしながら交互に見比べる。

「私の財産に、これだけの損害を与えてくれたのだ……楽には死なせてやらんぞ」

「っ……！」

陽は眉を寄せて十無を睨みつけ、唇を噛んだ。

「よ、陽様……」

いったい、これからどうなってしまうのか。全く分からず呆然とする羽水と陽の方へ、十人ほどの私兵たちが走り寄ってきて、二人とも瞬く間に後ろ手に縛り上げられた。


後ろ手に縄を掛けられたあと、そのまま連れていかれたのは、十無の隠していた屋敷があった山間から、ほんの少し余順の方へと戻った場所にある、広い野原だった。

その真ん中で、陽と羽水の二人は、それぞれの立柱に背中をつけて縛りつけられた。

足元には薪《まき》が積み重ねられて、すぐ目の前には大きな篝火が一つ赤く燃えている。

十無は、羽水と陽を生きたまま火で焼こうと——火炙《ひあぶ》りにしようとしているのだ——。

三十人ほどもいた私兵たちは陽に斬られて、無傷で動ける者は十人ほどしか残っていなかったが、その彼らが先ほど十無の指示で、太い立柱も薪もこの場に運んできたのだった。

「いい格好だな、この国の皇帝ともあろう者が……」

十無は、立柱に縛りつけられている陽を、勝ち誇ったかのように笑って正面から見上げる。

「これからお前たちを始末したら、次はこの野原に火を放つ。お前たちを焼くついでに、もう一度、この地方で大火事を起こすのだ。寺院への参拝者は、もっともっと増えるだろう」

「っ……」

唇を噛んだけれどなにもできない羽水に、十無は嘲笑《あざわら》うかのように言った。

「今の風向きだと、龍神村の方へ火が向かう。全て焼かれるだろう、村も寺院も……」

「そんなことはやめてくださいっ。村の人たちを殺すつもりですかっ?」

「村人も全ていなくなってしまえば、一から村を作り直しやすい。そうなれば、私が龍神山の寺院や村を牛耳《ぎゅうじ》り、龍神をダシに使って好きなようにボロ儲けできるだろう」

どこまでも腹黒い十無の言葉に、羽水は焦って……なんとかこの場から逃げ出して、十無の企《たくら》みを村人たちに知らせたいと思ったが、縛られている身ではそれはどうにも無理そうだった。

「虎の姿になれば、こんな縄などすぐに断ち切れるが……」

隣の立柱に縛りつけられている陽が、羽水にだけ聞こえる低い小声で言う。

「だが、砂工があぁして人質に取られていては、こちらから下手に動くことはできないな」

「陽様……」

砂工は先ほどから、羽水たちと対峙《たいじ》するように立つ十無のそばで、これまで十無と組んで寺院から金を横領していた庶務の青年に腕をつかまれて、喉に剣の刃を押し当てられている。

彼だけは縄で後ろ手に縛られてはいないが、とても逃げ出せる状況ではない。

いつ殺されるか分からない恐怖からか、砂工は震えながら目に涙をいっぱい溜めている。

その彼を見下ろす陽が、眉を寄せた。

「砂工が、なんとか自力であの男の剣から逃れてくれれば……。少しの間だけでもそうして拘束が解かれて人質がいなくなれば、こちらは自由に動くことができる。俺が虎に変化して、なんとかするのだが……」

「……」

剣の刃を喉に押し当てられて震えている砂工が、とても陽の言うようにできるとは思えない。

羽水が絶望的な気分になっていると、十無がそばに立つ私兵の一人に命じた。

「さあ、薪に火をつけるぞ。松明を用意しろ」

命じられた私兵が篝火から松明に火を移し、それを十無に手渡す。

その松明で、羽水たちの足元に積まれた薪に火を点《つ》けるつもりのようだ。

松明を手にして近付いてくる十無は、これから自分が陽と羽水を焼き殺すことが楽しくてたまらないというように、唇に薄っすらと不気味な笑みを浮かべていた。

（あの火が、足元の薪に点いたら……）

全身を火に焼かれて死ぬなんて、どれほど熱くて苦しいのだろう――。

自分が焼け死んでいくその瞬間がジリジリと迫っているのを感じ、胸が重苦しい緊張でいっぱいになるのと同時に、羽水は隣の陽の方を向いていた。

「陽様、虎の姿に変化して、今すぐ一人でここから逃げてくださいっ」

必死に、彼に訴えかけた。

「このままでは、三人とも死んでしまいます。だから、せめて……陽様だけでも、助かって欲しいのです。僕と砂工のことは、ここに置いていってくださいっ」

「……」

「お願いです、陽様っ！」

羽水は涙ながらに懇願したが、陽は自分と同じように立柱に縛られている羽水の目を真っ直ぐに見つめて、きっぱりと言う。

「それはできない」

「っ……！」

「羽水……忘れたか？　俺とお前は、もう夫婦なのだ。お前がこの場で死ぬなら、俺も死ぬ」

陽は頬を強張らせたまま、ふっ、と強い決意を込めた笑みを浮かべた。

「たとえ虎の姿に変化したとしても、お前と砂工を見捨てて逃げることはしない。お前と砂工に万が一のことがあれば、俺は虎の姿で戦って、この場にいる十無と配下の者たち全てにその命で償《つぐな》わせる。お前にもしものことがあったら……俺は、そのあと、すぐにあとを追う」

「よ、陽様っ……」

陽の揺らぎのない強い意志に触れて、羽水の胸は張り裂けそうに痛んだ。

誰よりも好きで好きで、好きで——愛している。

そんな、自分にとってかけがえのない陽が無事にこの場を逃れられるようにと、天界の神龍とその子供たちで龍神山の五龍湖に住む五柱の龍たちに、ありったけの気持ちを込めて祈った。

（なんとか、砂工と……陽様の命だけは助けてください。お願いしますっ……！）

幼少の頃からずっと信じ敬ってきた龍神に、最後になるかもしれない祈りを捧げる。

（僕の大好きな……愛する人である陽様のことを、どうか……どうかお助けくださいっ！　僕は命をなくしても構いませんっ！　だから、どうかご慈悲をっ……！）

松明を右手で顔の前に持った十無が、残忍な笑みを浮かべて目の前で立ち止まった。

「さあ、二人とも！　この火に焼かれて、悶え苦しんで死ぬがいいっ！」

「っ――」

十無はまず、羽水の足元に積み上げられている薪に松明の先を近付ける。

松明の火が油を吸った薪に移り、小さな火がメラメラと薪の表面で燃え――今にも、ボッと激しく燃え上がろうとするかに見えて――。

（も、もうダメだっ――！）

羽水が息を呑み、ギュッと強く目を閉じたそのとき――。

頭の上に、ボトボトッ、となにか大きな液状の塊《かたまり》が落ちてきた。

冷たいそれに、羽水は弾かれたように夜空を仰ぐ。

「えっ……!?」

驚きに瞠った目が、暗い夜空から、透明な水の塊が無数に落下してくるのを捉えた。

雨の滴《しずく》、と呼ぶにはあまりにも大きなそれは、まるで人が池の水を両手ですくって投げ落としているかのようで――夜空高くから、ボトボトボトッと野原全体を覆うように降ってくる。

羽水が呆然としているうちに、その雨はザザザザーッと滝のような音を立てて降り注ぐようになり、羽水や陽の髪や着物をずぶ濡れにした。

そして瞬く間に、羽水の足元で燃えていた火を掻き消した。

それでも勢いは止まらず、乾いた地面に重い金属でも叩きつけているかのような轟音《ごうおん》を立てながら、雨はその場にいた十無や私兵たちの足首の上まで溜まって、どんどんと水位を上げる。

野原が一気に、あちこちにぬかるみのある、水を張った田んぼのように変わった。

「な、なんだ、この雨はっ……？」

剣を右手に持ったずぶ濡れの私兵たちが、呆然と夜空を見上げる。

「この辺りでは、ここ何ヶ月も雨が降っていなかったっていうのに……」

「龍神山の神巫子の一族が神龍の子孫っていうのは、本当なのか？　だから、こうして龍神が雨を降らせて、次期神巫子を助けたのか……？」

彼らは顔を見合わせ、不安げに視線を揺らす。

「お、おい、それじゃあ、俺たちに天罰が下るんじゃあ……」

立ちすくむ私兵たちを見て、彼らのそばまで下がっていた十無が苛立《いらだ》ったように大声を上げる。

「なにをやっているんだ、お前たち！　これしきの雨くらい、なんだというのだっ？」

十無は、そばにいた私兵の手から剣を奪った。

「貸せっ！　雨で火が点かないなら、私がこの手でこいつらを斬り殺してやるっ！」

「っ……！」

剣を大きく振り被った十無が自分の方へ歩いてくるのを見て、羽水は息を呑む。

斬られる——！　と思ったそのとき、砂工が突然、自分の喉に剣を押し当てていた背後の青年にドンッと肘当てをし、前方に走って彼の手から逃れた。

「あっ……？」

大雨に気を取られていたのだろう、青年はハッとして砂工を追おうとする。

だが、砂工はそのまま逃げ切り、羽水の方へ向かっていた十無の背後から飛びつくようにして彼に勢いよく体当たりを食らわせた。

「やめろーっ！　羽水様になにをするんだっ！」

「ぐっ……」

不意を衝《つ》かれ、ぬかるんだ土に足を取られて転んだ十無が、ひしゃげたような声を上げて浅い沼のようになっている地面に大仰に突っ伏した。

砂工は彼の手から離れた剣をサッと拾い上げ、ダッと羽水の方へ走ってくる。

「羽水様っ！　今、縄をお切りしますっ……！」

砂工の背後で、十無が地面に手をついてヨロヨロと起き上がった。

「なにをやっている！　あの小僧を叩き斬れっ！」

「あ……は、はいっ……」

それまでぼんやりと突っ立っていた私兵たちが、ハッと我に返って追ってきた。

先ほど砂工の喉に剣を押し当てていた青年がその剣を片手に、立柱まで辿り着いた砂工の背後に迫ってきて――羽水は思わず叫んだ。

「砂工、危ないっ！　後ろっ！」

えっ？　という顔で振り返った砂工の頭を目がけて、青年が素早く剣を振り下ろし――。

斬られた！　と羽水が思ったそのとき、目の前を白い大きなものがザッと横切った。

（っ……!?）

その次の瞬間、砂工を斬ろうとしていた青年が、斜め前から飛びかかったその白いものに肩を押され、勢いよく背後の地面の上に仰向けに倒された。

「ぎゃあ、ああああぁっ……！」

断末魔《だんまつま》のように苦しげな悲鳴を上げ、首に近い肩からドクドクと血を流している。

彼の胸の上を太い四本の脚で踏みつけて、白い大きな獣が――白虎が立っていた。

羽水が隣を見てみると、立柱に縛りつけられていたはずの陽の姿がなかった。

（あっ、よ、陽様っ……!?）

砂工を斬ろうとした青年は、白虎姿の陽の爪で、肩に深い傷を負わされたのだろう。

青年を前脚でしっかりと押さえつけた白虎が、グルルッ、と獣の低い唸り声を漏らす。

私兵たちを睨み上げる紫色の鋭い目。半開きにした口から覗かせる大きな牙は、いかにも迫力があり、恐ろしい大型の肉食獣そのものだ。

「と、虎っ……?」

突然現れた白虎に、私兵たちは一気に混乱して後ずさる。

「白虎だっ！　どうしてこんなところに、虎がっ……?」

尻込みする彼らに向かって、白虎は後ろ脚を強く蹴って高く跳び、頭上から躍りかかった。

地面がところどころぬかるんでいることも、全く意に介さずに――白虎は、私兵二人の頭を前脚でいっぺんに殴り、その場に叩き倒した。

スタッ、と軽くしなやかに四本の脚で着地し、また高く水を跳ねて飛ぶ。

今度は別方向にいた私兵の男たちに襲いかかり、彼らの肩からその胸を袈裟懸けに切り裂いたり、牙で嚙みついて二の腕の骨を砕いたりした。

口や前脚を血で真っ赤に染めた白虎は、そんな恐ろしい姿をしていても美しく神々しかった。

「羽水様っ、今、縄を切りますっ！」

今のうちに、と砂工が剣で縄を切ってくれて、羽水は縛られていた立柱から解放された。

立柱のそばで、陽の邪魔にならないように砂工と身を寄せ合って立つ。羽水は、美しく勇敢に戦う一頭の優雅で野性的な白虎から、目を離せなかった。

(陽様っ……！)

恐怖で頬を引き攣らせた私兵の男たちは、陽が変化した白虎に追い詰められ、逃げる間もなく地面に引き倒されて――。

次から次へと血塗《ちまみ》れにされていく。彼らは痛みに悶えた声を上げながら、野原の上を転がり回った。

「わああぁ、痛いっ……！　なんとかしてくれえっ……！」

「ひいいぃっ、助けてくれぇっ！　食い殺されるっ！」

いつの間にか、十人いた私兵が皆、地面に倒れ、無事に残っているのは十無一人になった。

白虎が彼の前にのっそりと回り込み、グルゥッ！　と脅すように鳴く。

すると、十無はガタガタと脚を震わせ、その場にペタリと座り込んだかと思うと、水浸しの地面に両手をついて深く頭を下げる。

「ど、どうか、お許しくださいっ。これまでのことは悔い改め、心を入れ替えますからっ！」

目の前の白虎を陽が変化した虎だと分かってか、必死に命乞いをした。

「なんでもいたしますから、命ばかりはお助けをっ……！」

「……」

降伏するというなら怪我をさせる必要もない、と判断したのだろう。十無をそのまま捨て置くことにしたのか、白虎がクルリと踵を返して羽水の方へゆっくりと向かってきた。

だが、彼が十無に背を向けて歩き出してしばらくすると、十無がガバッと身を起こす。

「バカめっ！」

彼はそばに落ちていた剣を握って立ち上がり、ダッと白虎の背中へ向けて走った。

「死ねっ、このわけの分からない化け物がっ……！」

「あっ!?　陽様、危ないっ!!」

羽水はとっさに、立柱のそばから駆け出した。

「っ!?」

羽水の声で、ハッと驚いたように白虎が背後を振り返った、そのとき――。

白虎の後ろに駆け寄り、今まさに虎の白い毛に覆われた背中に剣を振り下ろそうとしていた十無の斜め前から、羽水は走りながら手を伸ばして力いっぱい彼の腕を突き飛ばした。

羽水がそのまま地面に倒れ込むのと同時に、十無がヨロけ、その手から剣が落ち――。

次の瞬間、柄《つか》の方がぬかるんだ地面に突き刺さったその剣の上に、十無が倒れ込み、彼の太腿が剣に貫かれた。

「ぐっ、ぐわあぁぁっ……!」

剣で太腿を串刺しにされたままの十無が身体を二つ折りにして地面に転がり、痛みで派手にのたうつ。その姿を、羽水は水と土で汚れた上半身を起こし、呆然と見ていた。

白虎の姿で同じようにその十無を見つめていた陽が、見る見る人間の姿に変わっていった。

濡れた黒髪の先が裸の肩にかかる、深い紫色の瞳の、二十代後半の美丈夫――。

いついかなるときに見ても男らしく端整な顔立ちと精悍な肉体を持つ人間の姿の陽が、いつの間にか霧のような小雨へと変わっている夜の野原を歩いてくる。

「羽水、無事か？　怪我など、どこにも負わなかったか……？」

陽は眉を寄せながらやさしく手を差し伸べてきて、羽水はその手を取って立ち上がった。

「は、はい。助けていただいて、ありがとうございました……」

「なにを言う？　助けてもらったのはこちらだ。先ほど、お前が十無にあのような無茶をしてくれなかったら、俺はどうなっていたことか……」

陽が羽水の両手を取って、ギュッと握る。

そのとき、遠くから馬の嘶《いなな》きがかすかに聞こえた。

ハッとしてそちらの方を見ると、野原の端の道を百人ほどの大勢の騎馬兵が全速力で走ってくる。雨が上がり月明かりが射す闇の中で、怜倬の兵士たちであることを示す紋の入った旗がいくつも立っているのが見えた。

彼らはこちらの様子に気づくと、すぐに道で馬を乗り捨てて、野原を走ってくる。

泥と水を高く跳ね上げ、必死の形相で先頭を走ってきたのは口燕と怜倬だ。

「陽様っ……！」

「ご無事ですかっ？」

二人は十無や私兵たちが全て倒れて痛みに呻いている周りの様子を素早く見回した。危険が迫っていないことが確認できたのか、口燕が自らの上着を脱いで陽に差し出す。

丈の長いそれを羽織った陽の前に、口燕と怜倬は片膝をつき、息を乱したまま見上げた。

「山へ入られたままお帰りが遅いので探しに行きましたが、どこにもお姿が見えずっ……。どちらにいらっしゃるのかと心配し、ずっとこの近辺を探しておりましたっ……！」

口燕に続き、怜倬も早口で言う。

「遠くに篝火のようなものが小さく見えたのです。それで、もしやと思いましてこちらに……」

「怜倬、お前まで……？」

陽が戸惑いの目で見下ろすと、怜倬は恐縮したように深く頭を下げた。

「余順の都市へ戻っている途中で、口燕から知らせが届いたのです。陽様の護衛の一人が馬で追いかけてきて、陽様が危険かもしれない、と……私はすぐに、取って返してまいりましたっ」

「そうだったのか……」

「まさか、こんなことになっているとは……駆けつけるのが遅く、申し訳ございません！」

周りの様子を見て唇を噛んだ怜倬は、また深く頭を下げた。

「この場は我々が後始末をいたしますので、ご安心をっ……」

「うむ、頼んだぞ」

陽が大きく頷くと、怜倬は一礼をしてその場に立ち上がり、配下の者たちの方へ向かう。

百人ほどもいる兵士に指示し、ぬかるんだ地面に倒れて怪我の痛みに呻いている十無や十人ほどの私兵たちを起こして縄をかけたあと、引き立てていく。

口燕はしきりに、陽がどこにも怪我を負っていないかを確認しており――。

これで本当に安全になった、と安堵した羽水は、隣に立つ砂工にやさしく微笑みかける。

「砂工、さっきは大丈夫だった？　どこも怪我はしていない？」

「羽水様……ご、ごめんなさい」

いつもは生意気なくらい元気いっぱいの砂工が、深く眉尻を落とし、目に涙を溜めていた。

「俺、本当なら羽水様をお守りしなければならない立場なのに、あいつらに捕まって……。そのせいで、羽水様や皇帝様に迷惑をかけてっ。それで、だから……さっきは、たとえここで死ぬことになっても俺がこの場をなんとかしないと、と思ってっ……」

「砂工……」

「必死に逃げて、十無に体当たりして剣を奪ったけど……こ、怖かったあっ……！」

緊張の糸が切れたのか、砂工はボロボロと涙を零して泣き出す。

羽水は前からその背中を抱いて、小さな子供にするようにポンポンと叩いて慰めた。

「うん、うん……よくやったね、砂工。お前のおかげで、僕たちもこうして助かったよ。でも、もうあんな危ないことは二度として欲しくはないけど……」

羽水がまだグスグスと泣いている砂工を口燕に託すと、陽が手を差し伸べてくる。

彼は羽水を、愛情深い瞳で見つめてきた。

「さあ、羽水……。我が妻よ、いっしょに龍神山へ帰ろう」

「陽様……はい」

繋いだ陽の手から、じわじわと彼の体温と愛情が伝わってくる。それだけで勇気が湧いてくるようで……一人よりも二人であることの心強さと幸せを、羽水はしみじみと噛みしめた。

（あ……もしかして、結婚して夫婦になるって、こういうことなのかな……？）

二人で歩きながら見上げた夜空は、雨が上がり、月と無数の星が美しく輝いていた。

それから二日後の朝、羽水は自室の寝台の上で目覚めた。

住居棟の奥の角にある部屋には、庭に面した格子窓から、眩《まぶ》しい朝日が差し込んでくる。

陽は薄い上掛けの布団の下で、羽水をその胸に抱くようにして眠っていた。昨夜も遅くまで愛し合っていてそのまま寝たので、二人とも裸だ。

「陽様、朝です。起きてください」

「うん……？」

長い睫が震えて、瞼がゆっくりと持ち上がる。陽のまだ少し眠そうで、それでいて幸せそうな紫色の双眸が羽水を捉え、甘くやさしげににこりと細められた。

「もう、朝の祈禱はないだろう？　お前も明日までは寺の仕事を免除されているし……まだもうしばらくの間だけ、こうして布団の中にいよう」

「陽様……でも、そろそろ朝食の時間ですので……」

「俺の愛しい『妻』の顔を、こうして間近からもっと見ていたいのだ」

口説くような言葉を囁かれ、羽水の頰は自然と熱くなった。

本当にそろそろ起きて用意をしないと、寺の皆といっしょに朝食をとる羽水は時間に間に合わないが……いざとなれば、自分はともかく皇帝の陽の朝食はこの部屋まで運んでもらえる。

もう少しだけならいいかな、と思い、陽にされるがままになった。

彼に抱きしめられて幸せに浸りながら、ぼんやりとここ数日の出来事を思い返す。

（ここのところ起こったことが、全部、本当に夢みたいに感じられる……）

二日前の夜中に、雨乞いの祈禱を終えてから余順の都市を訪れた陽と羽水は、十無の本性と企みを知り――命を狙われて火炙りにされかけたが、なんとか助かった。

昨日の夜明け前に寺院に帰ってきてからは、風呂に入って身体を洗い、寝台で休んで――。

朝遅く起きてからは、前夜に十無たちとの間にあったことの説明に明け暮れた。

羽水は陽とともに、本堂の一室に、口燕と二人の重臣、そして神巫子である羽水の父と伊地を集め、十無たちが寺院でしていた悪事を含めて前夜に起こったことの話をした。怜倬の仕事場にある牢に収容された彼らの今後の審判についてや、これからの寺院の財務を陽が皇城から派遣する優秀な役人に任せることなどを決めているうちに、あっという間に日が暮れていた。

大変な目に遭《あ》ったことを理由に、羽水は父から、二日間の仕事の免除を言い渡された。

皇帝の陽が外で危険な目に遭って帰ってきたということで、大がかりな兵士たちの警備態勢の見直しも行われて……一日中、人の動きが激しくてバタバタしていた寺院内だった。夜になってようやく落ち着きを取り戻したところで、陽が羽水の部屋にやってきたのだ。

口燕にはすでに陽から『結婚した』と伝え、羽水も昨日のうちに弟の伊地に知らせた。

あと気がかりなのは、神巫子である父親に報告していないことだけだ。だが、それは陽が日を改めて正式に、羽水を皇后として迎えたいと、父親に話をしてくれるという。

陽が兵士たちと都の皇城へ帰るまで、今日を含めてあと六日。

そのうちのいずれかの日に、話し合いが持たれるだろう。

（父上はきっと驚くだろうけど……でも、賛成してくれるといいな。陽様と結婚したあと、僕がどうやって次期神巫子の仕事をここで続けていくかも、相談に乗って欲しいし……）

羽水は、自分の左手に嵌《は》まる金の指輪を見つめ、ホウッと熱い小さな息を吐いた。

陽がその胸に抱きしめている羽水を、じっと見つめてくる。

「それにしても、羽水……お前は、さすが神龍の子孫だな」

「え……？」

瞬きをしながら見上げた羽水の額に、陽は、ちゅ、と口付けを落としてきた。

「一昨日の夜中、十無たちに野原で焼き殺されそうになったが……もうダメかと思われたあのとき、ちょうど大雨が降ってくるとは……。お前には本当に、龍神の加護があるようだ。その身には確かに、天界の神龍の血が流れているのであろう」

「い、いえ……あれはきっと、ただの偶然です」

羽水は、とんでもない、と首を横に振る。

「確かにすごく絶妙なときにあれほどの大雨が降ってきたので、僕も驚きましたが……。あれはきっと、陽様が完了された雨乞いの祈禱に、龍神様が応えてくださってのことだと思います」

「そうか？　俺は、そうは思わないが……」

「以前からお話ししているとおり、僕には龍神様のような特別な力はいっさいありませんから」

やはり、龍神の力をはっきりと受け継いでいると言えるのは、弟の伊地だろう。

彼は今回の件についても、事前に予知を見ていたのだから。

（伊地が二、三日前に言っていた『龍神山が燃える予知』っていうのは、きっと今回の件だ。陽様と僕が火炙りになりかけた、あの危険を予知していたんだ……）

ぼんやりと伊地の顔を思い出したとき、廊下に面した扉を叩く者がいた。

あわてて夜着を身につけて扉を開けに行くと、にこやかに微笑んだ伊地が立っていた。

「まだお休みでしたか？　お邪魔して申し訳ありません……」

伊地はわざと、寝台の上にいる陽の方を見ないようにしている。

「父上が、兄上にお話があるそうです。朝食を終えられたら、隣の父上のお部屋に来ていただきたいとのことです。皇帝様とごいっしょに……」

「え、陽様と……？」

羽水はドキリとし、思わず伊地に訊いていた。

「父上が改まってお話なんて……。どういった内容か、お前は知っている……？」

「はい……。ここで、私の口からは申し上げられませんが……」

戸惑いの気持ちで視線を揺らす羽水に、伊地はよりいっそうにこやかに微笑んだ。

「兄上にとって、よいお話であり、悪いお話でもあります」

「……？」

明るい朝日を浴びて微笑む伊地を前にして、羽水はますます首を傾げるしかなかった。

7. 虎と龍

それから、一年と八ヶ月後の春――。

都にある皇城では木々に新しい葉の芽がつき、可愛らしい小さな菫《すみれ》の花も咲き始めて、春の暖かさを感じられる日が多くなってきた。

高い城壁に囲まれた皇城の、最も奥に建つ正宮《せいぐう》。

皇族の住居と、皇帝が政務を行う執務室や重臣たちとの会議を行う部屋、外国からの使節などと謁見《えっけん》する部屋などのあるそこの奥に、羽水が陽と暮らしている部屋がある。

今日も陽は、皇帝としての仕事をするために執務室に行っており、朝から自室を離れていた。

午後になって、おやつに甘いお菓子をたくさん食べたあと――白い仔虎二頭は、広い居間をダダダダッと駆け回り、追いかけっこを始めた。

白いふわふわの毛に覆われた、きっちり三頭身の身体。ちっちゃな丸い耳に、太い尻尾。

短い四本脚ながらもまるで猫のような俊敏さで、羽水が座っている六人掛けの卓台から、壁際に寄せられた陽の机、窓際の長椅子といったところまで、二頭で縦横無尽《じゅうおうむじん》に走り回る。

ときには絨毯《じゅうたん》の敷かれた床だけでは飽き足らず、高い戸棚の上にまで駆け上がっていく。

「きゅっ、きゅ！」

「きゅううっ……！」

二頭で棚の上を制覇《せいは》し、楽しそうに鳴いていたかと思ったら、今度はダダッと角を駆け下りてきて、扉を開けてある寝室の方へ走っていく。

「きゅきゅ、きゅっ？」

「きゅう！」

まるで『次はあっちの部屋を探検してみよう！』『うん！』と元気に会話しているかのようだ。

虎の言葉が分からない羽水にも、彼らがなんと言っているか分かる。

ひとしきり寝室の方で、ドッタン、バッタンと派手な音を立てて遊んだあと、また居間の方へ戻ってきて、ぐるぐると床を走り回ったり、絨毯の上を転げ回って取っ組み合いをしたり。

じゃれ合っている愛らしい姿を見ていると、羽水は自然と微笑んでしまう。

二頭の仔虎は、汪《おう》と夢々。

夢々は陽の末の弟で、汪は一年半ほど前に陽と羽水の間に生まれた初めての子だ。

汪と一番年が近いのが四歳になったばかりの夢々なので、仔虎同士で遊んでもらっているのである。少しだけ身体の大きさが違う二頭だが、汪は叔父の夢々を実の兄のように慕い、夢々の方も汪を自分の弟のように可愛がって気遣い、いつも仲良く過ごしている。

「あ……」

遊び疲れた二頭は、羽水の足元で、床に丸まってお互いの毛繕《けづくろ》いを始めた。

ペロペロ、と小さな舌で相手の額や背中を舐め、気持ちよさそうに目を細めている。彼らを見ていると、椅子に座った羽水の胸に、言い表しようのない幸福感がじんわりと染み広がる。

「ふふ、可愛い。二人とも、いい子だね……」

毛繕いの終わった二頭をいっぺんに抱き上げ、胸にギュッと抱きしめた。

皇帝の陽の妻に――この大国の皇后に相応しい、上質な絹でできた水色の着物を身につけていることで、羽水の肌の透けるような白さや、首の付け根まで真っ直ぐに伸びた薄茶色の髪の明るさが際立って、普段よりも余計に儚《はかな》げな雰囲気に見える。

羽水は十九歳になった今も、陽と出会った二年前と変わらず、仔虎たちを抱く手首は男のものとは思えないほど華奢《きゃしゃ》で、骨格もほっそりとしている。

湖の色を映し込んだかのように美しい水色の瞳に、長い睫が淡い影を落として――。

結婚してからますますきれいになった、と陽から毎日のように言われ続けている羽水は、仔虎たちの腹のやわらかさと温もりを頬に感じて、しみじみと幸福を嚙みしめた。

（ああ、皇城に来てよかったな。陽様のおそばで過ごす、と決めて、本当によかった……）

一年八ヶ月前、余順の都市から龍神山に帰る途中で十無たちに殺されそうになりながらも、なんとか無事に寺院へ帰ることができて――。

その二日後の朝、羽水は父親から、話がある、と呼び出された。

伊地の言葉に従って、あの日、朝食を終えてから陽とともに父親の部屋を訪れたのだが、そこで羽水は、彼から衝撃的な言い渡しを受けることになった。

羽水は、次期神巫子の身分から外れてもらう、と言い渡されたのだ。

それればかりか、寺院の巫子としても今後いっさい働けない、と言われた。

理由は、不可抗力とはいえ十無を傷つけてしまったことだった。

たとえ自分たちの身を守るためであったとしても、医療行為ではないのに人間に傷を負わせてしまった者は、龍神山の巫子として相応しくない。

ましてや神巫子になって龍神様に仕えるなど、もってのほかだ――と。

父親が厳しい声で淡々と説明するのを、羽水は呆然と聞いていた。

次期神巫子の後任は弟の伊地とする、とのことだった。

そこで初めて、羽水は父からの呼び出しを伝えに来たときの、伊地の言葉の意味が分かった。

『兄上にとって、よいお話であり、悪いお話でもあります』

伊地は羽水と陽の結婚の件を知っており、羽水が、自分が神巫子になったあと、都の皇城で政《まつりごと》を行う陽との生活をどうしたらいいのか――ということで悩んでいたことも知っている。

だから、神巫子になれなくなったことは悪いことだが、そのおかげで羽水は陽について都に行くことができるようになって、それはいいことだ、と言いたかったのだろう。

羽水としては、戸惑うばかりだった。

その後も寺院で生活していくことは許されたものの、巫子としても働けないのであれば、龍神に仕えることも、参拝者に龍神の加護を与える祈禱を行ってその心の平安に寄与することもできなくなる。

そして、ただの寺院の居住者という立場では、龍神村の人々への寺院の奉仕活動の一環である診療にも、参加できなくなる。

これからもずっと、自分にできる限りの力で、他者の役に立ちたいと思っていたのに。

羽水にとっては次期神巫子の身分を失うことより、そちらの方がよほど辛かった。

神巫子については、昔から龍神の力を色濃く受け継いでいると思われる弟の伊地の方が自分よりも相応しいと思っていただけに、弟が父親の跡を継ぐことになってホッとしたのだが……。

『龍神村の者たちへの診療や医療の充実については、弟や他の巫子たちに任せればいいだろう？　きっとお前のやさしい気持ちを受け継ぎ、しっかりとやっていってくれる』

父親の部屋から自室に戻ったあと、陽がそう言ってくれた。

彼は、神巫子にならないのなら――なることができなくなったのなら、いっしょに都へ来て暮らして欲しいと、羽水に言った。

『龍神山の寺院で巫子として働けなくなったのは、残念ではあるが……それもよい方へ考えればいいだろう？　俺の妻として都で暮らすことによって、お前はこの龍神山を訪れる者たちだけでなく、国の民全てに、その慈悲の心を与え、奉仕する機会を得ることができるようになる。そう思うようにすればいいのではないか……？』

陽は熱の籠もった口調で、羽水を説得した。

『これからはこの国全体を守る龍神として、皇帝の俺のそばにいて支えてくれ。それは他の者にはできない、お前だけができる大事な仕事なのだから……』

弟の伊地からも、結婚したのだからいっしょに住んだ方がよい、と都行きを勧められて……陽が都に帰るまでの六日の間、考えに考えた結果、羽水は陽についていくことにした。

これからは、皇帝の陽をそばで支え助けることによって、これまでよりも多くの人を救い、世の中に貢献することができる。龍神山で奉仕を続けることも大事な仕事だが、都で果たすことになるだろう役割も同じように大事で、さらに自分にしかできないことなのだ——と。

そう自分の中でもようやく納得できて、父親のところへ陽とともに報告に行った。

そのときに、陽とは正式な儀式はまだだが、数日前に気持ちを誓い合って事実上は結婚していることも同時に告げた。男同士のしかもずいぶんな身分違いの婚姻だというのに、父親はそれほど驚いている様子もなく、すぐに結婚も都行きも許してくれた。

もしかしたら、弟の伊地から聞いて、あのときにはすでに結婚したことを知っていたのかもしれない。皇帝である陽と結婚した羽水が今後の生活について悩んでいることを知ったうえで、わざと次期神巫子の身分から降ろし、巫子としても寺院にはいられないことを告げて、息子の羽水が愛する人とともに都で暮らしていけるように仕向けてくれたのではないか。

今になってみると、羽水はそんなふうに思えるのだ。

都に来て三ヶ月後に、息子の汪が生まれて——。

第一皇子の彼を連れて、それから一年後には正式な婚姻の儀式を行った。皇帝の婚姻ということで地方からもたくさんの人が都に集まり、一ヶ月間ほど祭りのように賑わっていた都の街の中を、豪奢な馬車と大勢の盛装をした兵士たちの行列で巡り、民へのお披露目も終えた。

ちょうど龍神山の寺院が閉鎖される年末の一ヶ月間に合わせたため、神巫子である父や、弟の伊地、そして砂工も、都での婚姻の儀式に招待することができた。

弟の伊地はいっしょに食事をしたとき、祝福の言葉とともに、こんなふうに言ってくれた。

『兄上はいつも、自分には龍神の力は受け継がれていない、と言っておられましたが……私は今度のことで、やはりあの兄上の言葉は間違いだったと確信しました。あのまま十無の横領や悪事に気づかずにいれば、我々の寺院は近い将来には消滅していたかもしれません。消えてなくならないまでも、先祖から代々受け継いできた清廉《せいれん》で素晴らしい寺院とはかけ離れたものへと形を変え、人々に真に救いをもたらすものではなくなっていたでしょう。まさに、そのような寺院の最大の危機と言えるときに、兄上は十無の隠していた企みを暴き出し潰すことによって、寺院を守ってくれたのです。虎の力を持つ皇帝様といっしょに……』

伊地は、夫婦として並んで座る仔虎を抱いた羽水と陽を、うれしそうに微笑んで見ていた。

『ですから、兄上にはぜったいに天界の神龍様の力が受け継がれていると思うのです。そうでなければ、あのように寺院を救えたわけがありません』

その伊地の言葉を、椅子の上で仔虎二頭を抱いて、羽水がぼんやりと思い出していると――廊下に面した扉を、向こう側から叩く者がいた。

「皇帝様のお帰りでございます」

扉の外で女官の声がしてすぐに、扉を自分で勢いよく開けた陽が入ってきた。

早足で歩いてくる彼は、政務に出かけていたため、皇帝用の黒い冠を被っている。

前後に長い板の両の短辺に、簾《すだれ》のような紐飾りが下がる冠。歩くたびにその紐の先についたいくつもの小さな玉石をゆらゆらと優雅に揺らし、陽が羽水のいる卓台の方へ向かってきた。

背の高い、すらりとした身体に絹の美しい光沢のある着物をまとい、堂々としている彼。

三十歳を目前にしてますます男らしく端整な顔立ちとなっている陽は、皇帝らしい厳しさと知的さ、そして生来《せいらい》の明るい前向きさがその全身から滲み出ている。

美しい深い紫色の瞳は、相変わらず一点の曇りもなくきれいに澄んでいた。

彼の姿に気づいた仔虎二頭が、後ろ足を蹴り、ダーッとそちらへ駆けていく。

羽水の十歩ほど手前で立ち止まった陽は、足元にまとわりつく二頭を屈んで抱き上げた。

「なんだなんだ、今日はまた一段と元気がいいな」

肩まで駆け上がった二頭を落ちないように手で支えながら、再び微笑んで歩きだす。

羽水は椅子から立ち上がり、愛しい夫の陽を迎えた。

「二頭とも、おやつをたっぷり食べたあと、遊んでいたところだったのです。それでまだ興奮状態にあるところへ、陽様が帰っていらしたので……」

「そうだったのか……。うむ、仔虎が元気なのはよいことだ」

陽は仔虎たちを肩に載せたまま目の前で立ち止まると、羽水の額に、ちゅ、と口付けを落とす。

「羽水、お前も元気にしていたか？」

「はい……。陽様のお仕事は、もう終わられたのですか？」

「午後からの予定が一つ消えたのだ。お前たちに早く会いたくて、急いで戻ってきた」

彼は着物の懐から折り畳まれた紙をすっと取り出し、羽水の前へ差し出した。

「そうだ。ちょうどこれが届いたところだったから、持ってきたぞ」

「手紙？　あ、伊地からですか……？」

折り畳まれた紙を受け取り、裏側を返してみると差出人の名前があった。

陽は自分の顎の下で結ばれている紐を解き、黒い冠を両手で外して卓台の上に置く。

「なんと書いてある？」

「あ、陽様、その前に仔虎たちを寝室に……」

羽水は陽の肩を見上げて、じっと目で訴えた。

陽は自分の肩を見つめ、そこに座った二頭の仔虎がどちらも、ふあぁぁ、と大きな口を開けて欠伸をする姿に目を細めた。

「む……二人とも、かなり眠いようだな。いつもの昼寝の時間か……？」

「はい、そろそろ」

「では寝室に行き、二人を寝かしつけよう」

二頭を肩から下ろして胸に抱いた陽とともに、羽水は隣の寝室へ向かう。

寝室には絹の絨毯が敷かれて、裏庭に面した大きな窓扉には厚い布が掛かっている。

金箔の貼られた格子の天井の下には、天蓋《てんがい》付きの立派な寝台の頭部が壁に寄せられており、壁には紅白の牡丹《ぼたん》の花の絵が飾られている。寝台のそばに置かれた丸い卓台は猫脚が美しい優美な造りのもので、皇帝の寝室として贅の限りを尽くされた内部となっていた。

陽と羽水は寝台の端に座り、二頭の仔虎を籠《かご》の中に寝かせる。

汪と夢々のいつもの昼寝場所は、寝台の頭部に寄せられた大きな籠だ。ふかふかの布団が敷かれたその中で、二頭はぴったりとくっついて丸まり、スースーと寝息を立て始める。

陽が二頭を見下ろし、頬を緩めた蕩けそうな顔でため息を吐いた。

「まるで、微笑んだ猫のような寝顔だな……。夢々も凶悪なくらいに可愛らしいが、汪はそれ以上だ。これほど可愛く思えるなんて、いわゆる親バカというやつだろうか……」

「陽様……心配なさらないでください。僕もいつも汪を、この世で一番可愛いと思っています」

羽水がにこりと微笑むと、隣に座る陽はホッと安堵した顔になる。

(本当に……仔虎は皆、可愛いけど……でも、自分の子となると、いっそう可愛く感じる……)

皇子で、第一皇位継承者の汪――。

まだ二歳にもならない彼だが、その可愛らしさは囲方からも太鼓判を押された。

『航《こう》様のお孫様の顔まで見ることができるとは……感無量です。おまけに、とても可愛らしい仔虎で、私は大変満足しております』

可愛い仔虎でなければ認めない、などと言っていた彼がそう評してくれたのだから、汪が可愛いというのは、あながち親の贔屓目《ひいきめ》だけでもないのだろう。

羽水がそう思っていると、陽が羽水の手にしている手紙に視線を落とす。

「それで、手紙にはなんと書いてある？」

寝台の端に座る陽は、身体の脇をぴったりと押しつけて羽水の肩を抱いてきた。

羽水はさっそく折り畳まれていた紙を広げ、墨の文字を読み進めていく。

「龍神山の寺院では、皆、元気にしているそうです。近々、父が神巫子を引退し、伊地にその位を譲《ゆず》ることになっているとか……。神巫子になっても、お付きは砂工にやってもらうそうです」

「そうか……」

羽水の結婚後しばらく経ってから、寺院には皇城から財務担当の者が派遣された。

今は、罪を償うために牢に入れられている十無が以前提案した参拝料などを取ることももちろんなく、寺院の経営を上手くやっているようだ。

「龍神村での診療は、伊地が神巫子になったあとは、他の巫子たちが続けてくれるそうです。兎花は毎日のように、元気に五龍湖へお父さんのためにお参りに来ていて、それから……あ」

先を読み進めた羽水は、頬が熱くなるのを感じた。

沈黙が続き、陽が手紙を覗き込んでくる。

「なんと書いてあるのだ？」

「い、いえ、なにも……手紙は、もう終わりです」

手紙を手元で急いで畳もうとしたのに、陽の手に素早く奪われてしまった。

「嘘を吐くな。貸してみろ」

「どれどれ……」

陽が手紙の文字に目を走らせている間、羽水は顔から火を噴くような思いをしていた。

伊地が手紙に書いて寄越《よこ》したのは、仔虎に関することだった。最近よく見る『予知』から推測するに、もうすぐ羽水と陽の間に五つ子の仔虎ができるようだ——と。

その部分を読んだらしい陽が、感動したように目を瞠ってサッと顔を上げる。

「素晴らしいことが書いてあるではないか！　どうしてこれを隠そうとする？」

笑顔で責められて、羽水は恥ずかしさで真っ赤になった。

「弟の……伊地の『予知』は、いつもは外れませんが、今回ばかりは怪しそうです」

「……？　だが、一人目の汪のときも、あの者が知らせてきてくれて、分かったのではないか」

「う……は、はい。ですが……」

実は、汪を宿したときにも、伊地は『予知』を見ている。

そのときは、一柱の神龍が五龍湖から天へと上っていく場面だった。

今回は、龍神山に住む五柱の神龍全てがそれぞれの湖から天へ上っていく場面を見たから、もうすぐ陽と羽水の間にまた仔虎を授かり、しかもその仔虎たちは五つ子だというのである。

伊地の予知は、最近はとても精度を上げているが——。

今度の内容ばかりは、予知が外れていてもらわないと困る。

「だって……そんな。五つ子なんて、無理です」

白い頬を染め、ボソボソと小声で言った羽水の言葉を、陽が笑顔であっさりと打ち消した。

「なに？　そんなものは、やってみなければ分からないだろう？」

陽は羽水の肩に回していた腕を離し、羽水の左右の二の腕をつかむ。

彼は座っている羽水の身体を彼の方へ向かせて、そのまま前から体重をかけ、背後の敷布の上にどっさりと押し倒した。

「羽水、ほら……二人で、二度目の仔作りをしようじゃないか」

「あ、よ、陽様っ？」

羽水は先ほど、五つ子の仔虎を作るのが『無理』なのではなく、産むのが『無理』と言ったつもりなのだが、陽はすっかり意味を取り違えている。

男としての沽券《こけん》に関わると思ってか、羽水の両の手首を頭の横で敷布に縫いつけた。

「お前が以前、五龍湖で話してくれただろう？」

陽は男っぽい艶の滲んだ紫色の瞳で、熱くじっと見下ろしてきた。

「その昔、天界から降りてきて地上の龍と恋に落ちた神龍は、今現在あの五龍湖を守っている五つ子を作ったのだ……と。龍にできたことが、虎にできないということはないだろう？」

「え？　で、ですが……」

「羽水……俺たちも、二度目の仔で、汪を一気に六人兄弟にしてやろう。そうすれば、汪もきっと大喜びだ。遊び相手にも困らず、いつも寂しくないぞ」

「でも、そんな……あ、むっ……？」

まだ反論しようとした羽水の唇を、手首を押さえつけて上から伸しかかる陽の唇が塞ぐ。

熱い舌が唇の間にぐっと押し込まれてきて、羽水の舌と口の中を強く吸った。

顔の角度を変え、奥深くまで舐めたり吸ったり……。

唾液の音を立てる激しい愛撫も、唇を軽く噛みしだき、甘い花の蜜を貪る獣のように情熱的に舌同士を絡めるのも……全てから陽の深い愛情を感じられてうれしい。

口付けだけで四肢から力が抜け、全身が蕩けそうになった。

「んぅ、は、はぁ……あ？」

ちゅっ、と唾液の糸を引きながら唇を離した陽だが、手首の拘束は解かない。

羽水の頬から首、鎖骨の上まで、唇と舌で舐め回していって——。

自分の手首から離れた彼の手が着物の衿を左右に開こうとしたのに気づき、羽水は焦った。

「陽様、こんな昼間から……？」

これから陽が本気で『仔作り』をするつもりだと分かった。

陽は羽水の衿元を両手で大きく開き、白く薄い胸板をそっと吸った。

「もう午後だ。しばらくすれば、日が沈む」

「でも、こんなところで今したら、汪と夢々が起きてしまいます……」

「大丈夫だ、二人は籠の中でぐっすり眠っている」

チラッと寝台の頭部の方にある籠へ目を上げた陽は、また羽水へ視線を戻してくる。

にこりと微笑んだあと、羽水の水色の着物を身体から剝ぎ取るようにして腕から引き抜き、白魚のような上半身を露にさせた。

そしてその胸の突起に口をつけつつ、今度は下衣に手を掛ける。

唇や舌で、羽水の乳首や脇腹を愛撫しながら、下衣を脚から引き抜き靴も脱がしてしまった。

陽はいったん身を起こして膝立ちになり、自分も靴と下衣を脱ぎ、皇帝の仕事用の上等で立派な丈の長い上着も脱いで、全てを寝台の下へと落とした。

肌色の濃い、美しい筋肉のついた全身を午後の日光の下にさらし、羽水を見下ろしてくる。

明るい太陽の光を透かす深い紫色の瞳が宝石のように輝いて、惹きつけられた。

ゾクゾクするほど男らしい色気に満ちた彼の微笑みに、羽水は思わずぼんやりと見惚れる。

陽はその魅惑的な双眸で羽水をじっと見つめながら、再びその場に座り込んだ。羽水の足首をやさしく持って、ゆっくりと両膝を立てさせる。

露にした中心に自分の顔を近付けていき、そのまま熱い口の中に羽水のものを導いて――。

陽は雄の根本を片手で持ち、それを丁寧に舐め始めた。

濡れた舌全体を使って先端の亀頭をじっくりと舐め回したり、舌先で裏側の筋を辿ったり。

唇で雄の側面をきつく締めつけてその唇を上下させ、そうして敏感な雄の外側を強く擦ることで快感を高めたり、そのまま絶頂へ向かわせようとしたり……。

愛撫が激しくなるにつれて、羽水は耐えられなくなり、身体の脇で敷布をギュッとつかんだ。

「ぁ、あっ。あぁっ……」

一糸まとわぬ姿で寝台に仰向けになり、両膝を深く胸の方へ曲げたあられもない格好。

その体勢の恥ずかしさと、愛する夫の陽から与えられる腰が震えるような甘い快感にどうにか耐えようとしたが、何度も掠れた声が漏れた。

「あ、あっ、ぅんっ……！」

寝室に響く、高い喘ぎ声。それを漏らすたびに、すぐそばの籠の中で寝ている仔虎たちを起こさないかと冷や冷やし、そちらの方ばかりが気になった。

だが、中心に甘く重苦しい劣情が集まり、雄が硬度を持って勃ち上がる。

その先端からトロトロと溢れ出す体液が、陽の口内を汚した。

身体の芯が火照り、白い肌に汗の玉が浮いてきた。

息も荒く弾んで、途切れ途切れの掠れ声が常に漏れるようになり――。

絶頂へと押し上げられていくのを感じて、羽水は敷布から腰を浮かす。

(あ……もう、温かくて、気持ちよくてっ……)

いつの間にか、そばにいる仔虎たちの存在は頭の中から抜け落ち、自分の雄を口に含んで扱いてくれている陽との行為に夢中になっていった。

「あっ……よ、陽様、もうっ……」

身体を捻じって身体の下方を見ると、陽が濡れた音を立てて口の中から舌で雄を押し出す。

中心がひんやりとしてホッとしたのも束の間、彼はそばの丸い卓台に手を伸ばし、その引き出しの中から薄く丸い陶磁製の容器を取り出した。

蓋《ふた》を回して開け、中身の透明な液体を指でたっぷりすくうと、容器を卓台の上に戻す。

そして羽水の曲げられていた両脚をさらに深く胸の方へぐいと押し、腰を浮かさせた。

彼の目前に露になった谷間に、その液体で濡れた指を差し込んでくる。

窄まりの入り口に、指でぺちゃりと冷たい液体が塗りつけられた。

陽との性交でいつも使っている潤滑剤だ。彼はそれを入り口に丁寧に塗りつけて肉をほぐしたあと、指を中に入れて内側の襞にも塗りつける。

窄まりの中を指で広げられるたびに、腰にゾクゾクと走る甘い震えを羽水は必死にこらえた。

そうして少しずつ準備をしていき、陽が指をずるりと抜いて上半身を起こす。

膝で曲げられた羽水の脚の間に身体を進めてきて、羽水の腰をしっかりと抱いた。

彼の雄が太腿に触れ、その熱さと硬さに、羽水は頬が赤くなるのを感じた。

(あ……よ、陽様、もうこんなに……)

陽は羽水の腰を抱いたまま、屹立した自分のものを窄まりの入り口にピタリと押し当てる。挿入されるのだと分かって、羽水は肩を少し縮ませた。

男のものの内側で打つドクドクという強い血脈が、羽水の窄まりの肉に伝わってくる。

「いつもよりいくらか性急だが、許してくれ。お前との可愛らしい仔虎が、また欲しい……その逸《はや》る気持ちを抑えられない……」

「陽様……」

「羽水、お前を愛している」

欲情に弾んだ息で甘く囁き、羽水をじっと見下ろしてくる。

天蓋の裏を背にした彼は、昼の陽射しの中でうっとりと微笑み、羽水を愛しくてたまらないといった眼差しで見ていた。

「これまで、これほど自分に必要だと思った相手は、お前以外にいない。この二年近く……ここでいっしょに暮らしてきて……近頃改めて、ますますお前がいないとダメだと感じている」

「そ、そんな……」

陽から大仰に感じられるほどの愛を示されて、羽水の頬はさらに熱くなる。

「お前の愛とやさしさをいつも感じていたい。これからも……俺のそばに一生いてくれるか？」

「は……はい。僕でよければ……あ――――！」

陽がぐっと下半身に力を入れて、雄を捻じり込むようにして挿入してきた。

羽水は窄まりの入り口の肉が割り開かれ、そこに火傷しそうなくらいの熱と痛みを感じて、思わず身体を大きく仰け反らせる。

「あ、あぁ、ああぅっ……！」

陽の雄が内側の押し返そうとする圧力に負けず、潤んだ襞を割って奥まで入ってきた。

やわらかな窄まりの中の肉で、陽の雄に浮いた硬い筋を感じることができる。繋がって一つになるという愛の行為が、そうして生々しく膨れ上がった彼の欲望に触れると、急に淫猥でたまらないものに思えてきた。

いつものように窄まりの中には、最初、ジンジン、と痺れるような痛みが広がる。

だが、しばらく今のように二人で動かずに待って、羽水が陽の雄の硬度と大きさに慣れれば、すぐに腰が蕩け崩れそうなほどの快感を得ることができる。

そのことを、夫婦として毎夜、陽と寝台で愛し合っている羽水は知っていた。

そして――内部がほどよく熱を持ってきた、と羽水自身も分かるようになったとき、羽水の腰をつかんで顔を見下ろしてきていた陽が、おもむろにその腰をゆっくりと動かし始めた。

「羽水……美しい湖のような水色の瞳を持つ、俺の可愛らしい龍よ」

彼はうっとりと熱っぽい眼差しになって、羽水を包み込むように見つめてくる。

「その心と同じくらい、お前は美しい容姿をしている、本当に……」

「美しいのは……」

あなたの方です、と言おうとしたが、陽の雄が途中までぐぐっと引き抜かれた。

内部の肉が引き攣れるような感覚があり、羽水は一瞬だけ怖くなって息を止める。陽が再び奥まで雄をぐっと突き入れてきて、窄まりの深部にその圧力と甘い痺れがじわっと広がった。

これまでの経験から予想していたとおり、陽による内部での突き上げで、窄まりの中全体が性感帯になってしまったのではないかというくらいに気持ちよくなっていく。

彼の腰の押しては返す波のような動きが、羽水をあっという間に快楽の絶頂へと向かわせた。

「あっ、あぁ、んっ……」

弾んだ息と甘ったるい声、熱い汗を薄く浮かべた身体、硬い雄を強く締めつける内側の肉。

そして天を向いて屹立する雄――。それらから、羽水が性交で充分に感じていることが伝わったのだろう、陽が羽水の顔を見下ろしてきて、ふっと満足そうな微笑みを浮かべた。

息を弾ませた陽が、腰から手を離して羽水の背中を抱く。

羽水と陽はお互いの胸を重ねて密着させ、しっかりと抱き合った。

羽水が広い背中を抱き返した手が、汗で濡れて滑る。近付いた顔にも汗が浮いていて、陽が昂っているのが分かり、羽水はうれしくなった。

幸せな気持ちを伝えたくて、陽の背中をまたギュッと掻き抱く。

彼の繰り返し波打たせている腰も、膝頭を立てた自分の両脚で左右から締めつけた。陽がます

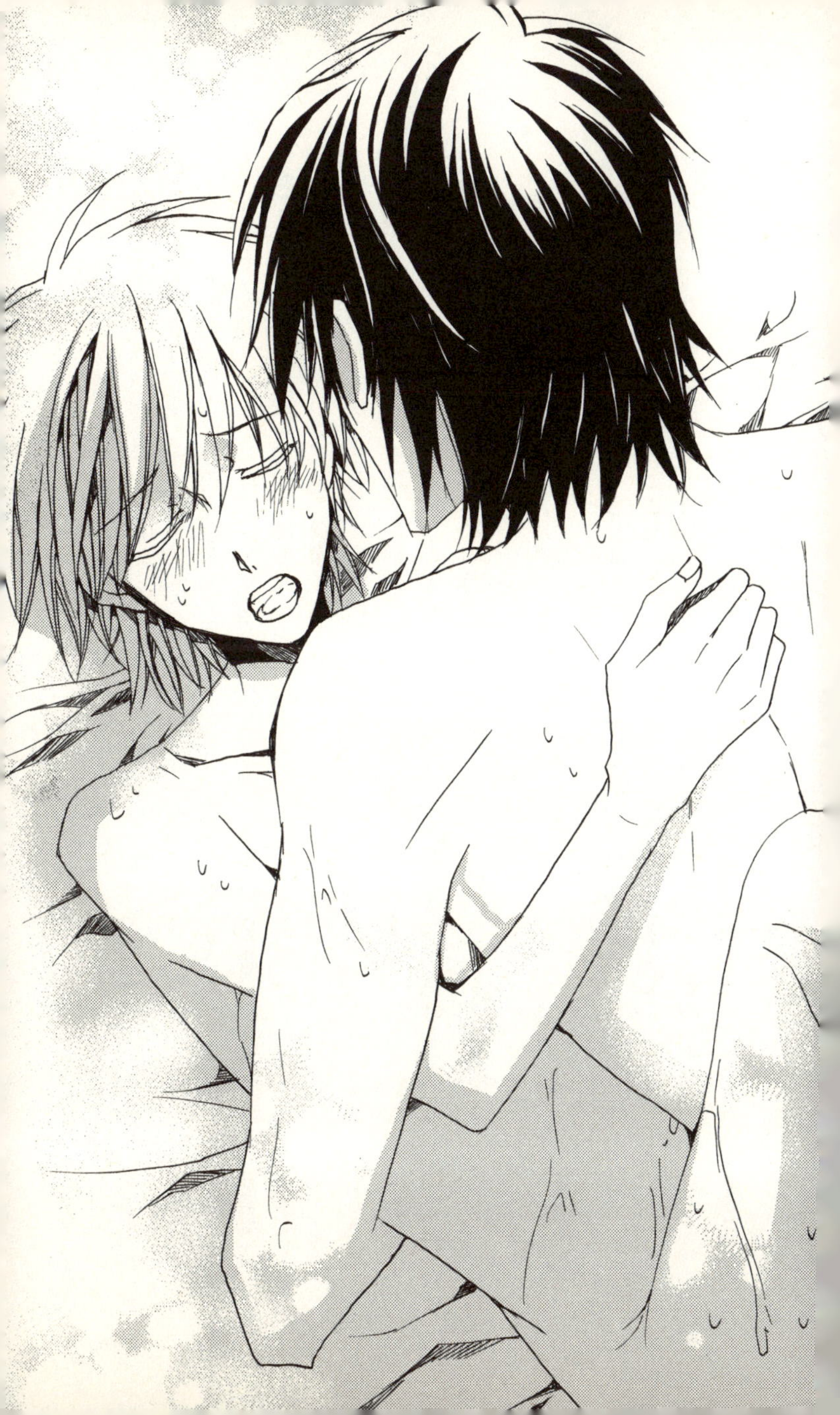

ます強く羽水の身体を抱き、顔を近付けて目を間近から覗き込んできた。

愛情と劣情に濡れた紫色の瞳は、羽水の顔しか映していなかった。

(あ、陽様、なんて愛しそうな目で見つめてくださるんだろう……)

陽の、妻の自分への深い愛を感じて、羽水の下腹部の内側と雄がまた熱くトロリと蕩けた。

なによりも愛しい、という眼差しで羽水を見つめながら、陽はその腰をだんだんと速く波打たせて、羽水の中を何度も突き上げてくる。

「羽水、羽水……愛しい、俺の羽水っ……！」

陽も絶頂が近いのか、その甘い声は荒い息混ざりだ。

彼はコツンと自分の額を羽水の額に合わせてきて、まるで懇願するように言う。

「俺に、この世のなによりも大事な宝の『汪』を与えてくれて、本当に感謝しているっ……。お前と結婚できた俺は、誰よりも幸せな男だっ……」

「よ、陽様……」

「また、俺に汪のような可愛い仔虎を授けてくれっ……！」

「は……はい、はいっ……」

息を弾ませながら必死に小さく頷くと、そのとたん涙がポロリとこめかみを伝う。

(こんなに愛している陽様と家庭を築けているなんて、僕はなんて幸せなんだろう……)

羽水は流れる熱い涙もそのままに、また陽の広く逞しい背中をギュッと抱いた。

「汪と同じように、今度も……虎と龍のどちらの血をも受け継ぐ子を……。二つの神獣の血が流れる『最強』の仔虎を作りましょう」

「ああ、そうだな……」

陽はにこりと微笑んで頷き、腰の突き上げの動作をいっそう激しく大きいものにする。

「羽水、羽水っ……お前を愛しているっ……！」

切羽詰《せっぱつ》まった声からも、陽の絶頂がすぐそこに見えたように感じた。

「陽様っ……僕も、愛しています。誰よりも、陽様のことをっ……！」

羽水は、自分の窄まりの内側をいっぱいに占めている、硬く張り詰めた陽の雄を——愛しくてたまらないそれを、熱くやわらかな内部の肉でギュッと締めつける。

その瞬間、陽が息を詰め、腰に力を入れて硬直させ、ぶるっと震わせて——。

羽水の全身も、甘く強い震えのような快感に鋭く貫かれて、頭の中が真っ白になった。

「陽様、陽様っ——愛しています、僕の陽様っ……ああっ、あああぁっ——！」

「っ——！」

羽水は次の瞬間、陽の身体に下から抱きついたまま、自らも敷布の上で腰を震わせ——誰よりも愛しい夫の陽と同時に、お互いへの尽きない愛と欲望を弾けさせた。

虎と龍のあとがき

この虎本をお読みくださり、ありがとうございます♪

この本は、リブレさんから発行していただいている皇帝（虎）シリーズの十四冊目になります。全て一冊完結のお話になっており（『皇帝ともふもふ子育て♥』は短編集です）、主人公も一冊ずつ違っています。攻は皇帝もしくは次期皇帝の皇子と決まっていますが、受の職業などは毎回変わっています。

この虎と龍の人外モフモフなお話をお気に入りくださいましたら、これまでの本もお手に取っていただけるとうれしいです。


さて、この本の攻と受は、虎と龍です。

文字だけ見ると、なんだか恐そうな感じもしますが、このお話の龍はちょっとほんわかと可愛い系でしょうか（え？　虎もですか……？？）。

虎もいいけど、龍もいいよね！　ということで……。

最強の人外というと、虎と並んで龍かな～……と考えていて、今回のお話を書くことになりました。ということで、二人の間にできる仔●も、もちろん最強？　ということになります。

今回も、モフモフした大虎や仔虎をたくさん書けて、楽しかったです。

いつもとは少しだけ違う、ちょっときれいめな受ですが、お読みくださった皆様にもお楽しみ

いただけましたら幸いです♪

今回も、担当の岩本さんには大変お世話になりました。

いろいろとご指導いただき、時間がかかりましたがお話を完成させることができました。ありがとうございました。

最近、お話を書くのが（それ以外も……）とても遅くなってしまい、様々な方面の皆様にご迷惑をおかけしてしまっています。申し訳ありません……。

なんとか早く復活できるように（できるのか分かりませんが……）、がんばりたいです。


挿絵を描いてくださった松本テマリ先生、ありがとうございます！

本の冊数も多くなってきましたが、いつも本当にクールで格好いい攻と可愛い受、そして可愛らしくほんわりとした雰囲気のあるイラストをありがとうございます。

先生の描いてくださるイラストを楽しみにして、毎回お話を書いています。

今回も、本になって挿絵を拝見できるのがとても楽しみです♪


このお話をお読みくださった皆様に、少しでもお楽しみいただけましたら幸いです。

二〇一六年三月吉日

加納　邑

◆初出一覧◆
皇帝は巫子姫《みこひめ》に溺《おぼ》れる　／書き下ろし

ビーボーイノベルズをお買い上げいただきありがとうございます。

この本を読んでのご意見・ご感想をお待ちしております。

〒162-0825 東京都新宿区神楽坂6-46
ローベル神楽坂ビル５Ｆ
株式会社リブレ内 編集部

リブレ公式サイトでは、アンケートを受け付けております。

サイトにアクセスし、TOPページの「アンケート」から該当アンケートを選択してください。

ご協力をお待ちしております。

リブレ公式サイト　http://libre-inc.co.jp

BBN
B●BOY NOVELS

皇帝は巫子姫《みこひめ》に溺《おぼ》れる

2016年5月20日　第1刷発行

著　者――加納　邑

発行者――太田歳子
発行所――株式会社リブレ
〒162-0825 東京都新宿区神楽坂6-46ローベル神楽坂ビル
営業　電話03(3235)7405　FAX03(3235)0342
編集　電話03(3235)0317
印刷所――株式会社光邦

Printed in Japan
ISBN 978-4-7997-2762-1